is in you

一穂ミチ

幻冬舎ルチル文庫

CONTENTS ✦目次✦

is in you

is in you …… 5
is in me …… 245
あとがき …… 318

✦カバーデザイン＝久保宏夏(omochi design)
✦ブックデザイン＝まるか工房

イラスト・青石ももこ✦

is in you

世界は彩りを失ってしまったように感じられた。あるのは、濃いグレーから薄いグレーまでのぼやぼやしたグラデーション。白黒さえない。陽射《ひざ》しも新しい葉をふきこぼれさせる梢《こずえ》も、一束《いっか》の目には平坦《へいたん》で不出来な水墨画にしか映らなかった。

居眠りから目覚め、腕時計を見ると午後三時半を回っていた。椅子《いす》の上で誰はばかることのない伸びをする。

黒板の上の丸い壁掛け時計はいつでも十時を指している。教卓にも床にもうっすら埃《ほこり》が積もり、かつて壁に貼《は》られていた時間割の跡が型で抜かれたように四角く窺《うかが》える。怠惰な昼寝を咎《とが》める人間は、この旧校舎に存在しない。

ふと窓の外に目をやると、校庭のいちばん遠くにあるプールに、人の群れがごく小さく見えた。つい数日前まで工事のブルーシートがかかっていたはずなのだが、いつの間にか何かの作業が終わり、きょうから水泳部が本来の活動を始めたのだろう。とはいえまだ五月にもなっていないのに、元気なことだ。つま先を水に浸《つ》けるのを想像しただけで鳥肌が立ってくる。水辺のざわめきは耳には届かなかったが、彼らの昂揚《こうよう》したかけ声やしぶきの跳ねる音が気配として伝わり、一束を起こしたに違いなかった。

もう、帰りのHRも終わっている時間だ。本当の教室に戻っても無駄だなと思い、机横のフックに掛けていたかばんを持ってまっすぐ帰ることにする。誰にも怒られないのにドアをきちんと閉めた。軽い綿ぼこりが立つ。扉の上から突き出たプレートには「三年一組」と表示されている。木造校舎の三階の端、それが一束の隠れ家だった。廊下と通じる窓の鍵がたまたまここだけ開いていて、潜り込めた。

自分の足跡がいくつも重なった廊下を歩く。途中でしゃがみ込み、異なる模様やサイズのものがないか一応確認した。壁にはひび割れや汚れにまじってぱらぱらと落書きが残っている。たぶん、閉鎖する時に当時の在校生が名残《なごり》を惜しんだのだろう。ありがとうとかさよならとか。マジックだけじゃなく、ご丁寧に彫り込んだものまで。

体重で真ん中がしなるのが分かる、階段を下りていく。角に取りつけられた滑り止めのゴムはすり切れてすっかり溝がなくなってしまっている。踊り場の、割れた姿見には「第二十三期卒業生一同寄贈」の文字が何とか読み取れた。みしみしという足音以外何も聞こえない静かな場所。ここがあるから、かろうじて退屈な高校に通っていられるのだ。

校舎の出入り口はすりガラスをはめ込んだ両開きの扉になっている。ガラスの割れた穴から手を差し込み、左右の把手《とって》を繋《つな》いで戒めた鎖を探る。鎖は大きなダイヤル錠で固定されている。四つの数字がはまってちっぽけなつっかえが外れると、ちゃらりとつめたい音を立てて鎖はゆるむ。一束は辺りを窺いながら慎重に外に出ると、元通りに鎖を巻きつけ、錠を嵌《は》めてその場を離れた。金属のひんやりとした気持ちよさが、しばらく手のひらに残っている。

帰宅すると、母親が「学校どう?」と尋ねる。

「別に何も」

「ちゃんとやっていけてるの? 授業は? 古文とか大変じゃない?」

「たぶん」

自分の部屋は玄関を入ってすぐだが、帰宅した際はリビングに顔を出さないと怒られる。なので義務としての会話をさっさと終えて引っ込もうとしたが、つけっ放しのテレビの画面が一束を引き留めた。

見知らぬ老人、の後ろに懐かしすぎる街並み。びっしり建ち並ぶくすんだビルから無数に突き出す看板。

旺角《モンコック》だろうか、それとも尖沙咀《チムサーチョイ》? 手をかけていただけの椅子に座って食い入るように見つめた。

返還を二カ月後に控え、街の人の声は——というナレーションが流れる。

老人は、自身の仕事のことや国外に暮らす息子一家のことを一生懸命説明していた。しかし画面上に流れた字幕は「色々事情もあって複雑な心境だ」という大雑把にすぎるものだった。

「車大砲《ジェイダイパウ》（嘘《うそ》つき）」

思わず口をついて出た。母がすかさず「日本語使って」と聞き咎める。

「使わなかったら忘れるばっかりだよ」

「それでもここは日本なんだから。学校でそんなふうにしてたら浮いちゃうでしょ」

勝手な言い分に腹が立った。あっちにいた頃は、一束がするすると言葉を覚えるのを喜び、ありがたがったりもしたくせに。しかしその怒りを直接ぶつけることは避け、「この通訳がいい加減なんだよ」とテレビを指差した。

「こんな適当なまとめ方するんなら、最初から訊《き》かなきゃいい」

「そういうものなの」

母はえびの背わたを取り除きながらあっさりと答える。

そういうものって何が？　取材が？　日本が？　日本人が？

けれどそれ以上食って掛かると「やめて」と逆に向こうが怒り出しそうだったので黙って部屋に戻った。机の引き出しから煙草《たばこ》とライターを取り出すと、匂《にお》いがこもらないようベランダでふかした。社宅の五階からの眺めには未だ慣れない。ほんの一年とすこし前まで超高層マンションの三十五階で暮らしていた一束には、地を這《は》うように感じられた。何よりこののっぺりした景色。とうもろこしの粒みたいに同じ規格の家がちんまり並び、目に飛び込んでくるおうとつも色彩もありやしない。やけに静かだがそれは秩序正しいというより活気がないだけのように映る。同様にこの母国の自慢らしい清潔さも、無味乾燥としか思えなかった。

昼のすこし先で灯《とも》るオレンジのちっぽけな火に、懐かしい街を思う。

香港には七年間いた。

電機メーカー勤務の父親について家族三人で渡った。七歳だった一束は子どもならではの順応性ですぐ異国の暮らしに慣れた。インターナショナルスクールに通い、広東語《カントン》はテレビで自然に覚えた。

日・英・広東の三カ国語をちゃんぽんでしゃべりながら育ち、来《きた》る一九九七年七月一日、香港返還の瞬間を現地で迎えるのだと信じて疑わなかった。英国領から中国領に変わることの意味をはっきりと理解してはいなかったが、スクラップアンドビルドを繰り返し、つねに動き続けてきたこの都市がまたひとつ大きな転換点を迎えようとしていて、それを目《ま》の当たりにできるという期待は大きかった。

しかし現実にはその一年前、父に辞令が下り一家は帰国した。ひとりだけでもここに残りたい、という息子の希望が叶《かな》えられるはずもなく、日本へ向かう飛行機から遠ざかっていくビルや港や点在する濃い緑をなすすべなく眺めるよりほかなかった。

両親はことあるごとに「やっぱり日本はいいね」と繰り返した。まるで催眠術にかけようとするみたいに。盆暮れに「お客さん」として足を踏み入れるだけだった故郷に何の愛着も感じていなかった。幼い頃の記憶はおぼろげにかすむばかりだ。

——ほら、きれいでしょ。桜。日本にいた頃はよくお花見をしたのよ。その時住んでた社宅の庭にたくさん植わってて。いっちゃん覚えてるでしょ？

春だったから母はしきりにその話をしていたが、一束にはその、桜というのがすこしもきれいだと思えなかった。うすぼんやりした色の花、というイメージは日本にそのまま重なる。繁華街を歩いてみても変わらなかった。新宿も渋谷も池袋も、香港と全然違う。

嫌いなんじゃない。ただ、違和感が消えない。夢の中にいるような気さえする。眠る前にいつも想像する。目が覚めたらあの、懐かしい高層マンション群の一角にいて、父親は「蘋《アッ》果日報《プルデイリー》」に目を通していて、テレビからは広東語のニュースが流れて。

むっとくる暑さ、反面でクーラーの効きすぎた室内。街の至るところで何かの工事が行われている。竹を組んだだけの危うい足場を職人たちは平気で行き来する。雑踏、地下鉄、露店の喧騒《けんそう》。通りを一歩裏に入れば、職業不詳の連中が暗い目を向けてくることもある。フェリーから眺めた花火。ヴィクトリア・ピークから見下ろす夜景。世界の美しさも汚さも、子どもの目には大きすぎるほどの振れ幅で教えてくれた香港に、戻っていることを想像する。夢見ている。

「鳥羽《とば》くん、漢文の宿題やった？」

クラスメートから声をかけられ、あっさり「やってない」と答えた。

「えーどうしよ、鳥羽くんが頼みだったのに。今から十ページも書き下せないよー」
頼りにされるほど仲良くなった覚えもないので「何で僕？」と率直に尋ねると「だって漢字得意かと思って」と同じぐらい単純な答えが返ってきた。香港にいたくせに何でやってないんだ、という非難にすら感じてしまう、この教室では。

帰国子女向けに一学年一クラス設置された英語科コースで、入試は面接と日・英両方の小論文のみだった。楽でいいやぐらいの気持ちで受けたのだが、いざ入学してみると同級生は欧米帰りばかりで、アジア圏にいた一束は何となくその中で「下流派」と見なされていた。英語の他にしゃべれて「ポイント高い」のがフランス語で、広東語はものの数に入らないらしかった。「中国語の方言なんだよね」と悪気があるのかないのか、面と向かって言われるぐらいだし。中三の一年間は「外国帰り」というだけで何となく敬遠され、いざ高校に入って外国帰りばかりの集団に混ざれば「香港」という要素を抽出されやんわりとした疎外感を味わう。一束はそれを特に苦にしてはいないが、母親はいたく気を揉《も》んで明に暗に「悪目立ちするんじゃないわよ」と釘《くぎ》を刺してくる。広東語禁止がそのいい例だ。積極的に覚えさせようとしたのは彼女なのに。

日本人学校じゃなくてインターに通わせたのも母だし、日本資本のスーパーより地元の人間が使うローカルなマーケットを好んだ。それは駐在員の奥様方との間に少なからぬ軋轢《あつれき》を生んだようで、狭い日本人社会の中で妙によそよそしくされることがあるのは、子どもながらに肌で感じていた。父が「もうすこしうまくやってくれ」と懇願に近い要望を母に繰り返しているのも聞いた。会社の人間関係にも何らかの不具合を生じたのだろう。

けれど母は「ばかばかしい」と取り合わなかった。外国に来てまで日本人同士で固まってもつまらないし、息子の頭がやわらかいうちに様々な言語に触れさせたほうが得に決まってる、と。

――ほっときゃいいのよ。あの人たちと一生ご近所でつき合うわけじゃなし。

そう言って、ねたみそねみを意に介さなかった母親が、日本に帰った途端誰かの顔色を窺うように「日本語を話しなさい」「あなたの国はここなんだから」と一束に口やかましく言い始めたのは、ひどい変節だと思った。裏切りだとさえ。友達ができないぐらいでおろおろしないでよ、と一度声を荒らげたら、泣かれた。

――心配に決まってるじゃない。あんたの身体《からだ》のことだってあるんだから……。

その、身体のこと、に深く言及されたくなかったのでそれきり表立った反抗は諦《あきら》めた。

休み時間が終わりかけていたので席を立つ。課題の内職に励む気なんてさらさらなかった。

廊下では数人の女子が固まり、ひとりが「ねえ、トイレ行こうよ」とさもいい遊びを思いついたように言う。

「あたし行きたくないよ」

「何で、行こうよ」

「そうそう、『みんな』で」

「あはは」

どうやらクラスの中で局地的に流行《はや》っている「日本ごっこ」らしかった。トイレも教室移動も集団で、昼休みにわざとひとりがはぐれて「どーしよー、一緒に食べる相手がいなーい」と大げさに嘆いてみせたりする。くだらない、と冷ややかに眺める自分も結局は同類なのかもしれないと思うとますますいやな気分だった。

話し相手がいなかろうと少々除《の》け者にされようと構わない。それこそ母の言葉を借りるなら「一生つき合うわけじゃない」連中だからだ。

香港にだって強烈ないじめも差別もあった。様々なかたちでそれを思い知らされてきた。人種や生まれ、親の職業といった、努力では引っくり返せないものに起因する壁が。宗主国《そうしゅこく》の影響なのか、あそこは強烈な階級社会だった。

せせこましい教室の中で無視されるぐらいはかわいいもので、異端視されるよりもむしろ今みたいに、ゆがんだ優越感をちらつかせる連中と接触するほうが滅入る。安易に帰国子女クラスなんか入ったのは間違いだったかもしれない。

購買の自販機で缶入りのセブンアップを買ってからいつもの旧校舎に向かう。すっかり身についた動作で周囲に人がいないのを確かめて錠前のダイヤルを合わせ、音を立てないよう鎖を外して中に入る。

三一一の教室でゆっくりと炭酸飲料を飲み、半分ほど残った中身ごと灰皿代わりにする。煙をくゆらせながら、えらく離れたところから聞こえてくるような、体育の授業の歓声に耳を澄ませた。声は遠ければ遠いほど心地よく、懐かしく響く。時間の止まった場所で煙草を二、三本吸ううちに眠くなってきて、一束は机に突っ伏した。空気にさらされ続けた木の、古い毛布みたいな匂いがする。

風が、髪をそよがせているのかと思った。窓を開けたっけ、と夢うつつに考える。しかし、意識の覚醒《かくせい》に伴って、揺れているんじゃなく引っ張られているのだと気づいた。ごくごく軽い、いたずら程度の力で。

誰かの手に。

一束は飛び起きた。自分の頭が、その何者かの手を掠《かす》めたのが分かる。

「いたっ」

こっちも痛かったが、向こうはそれ以上だったようだ。顔をしかめている。

「あ——」

同じ、制服を着ていた。先生じゃない、まずそのことにほっとした。そして、たぶん同学年でもない。広い肩幅や首の太さ、顎《あご》のライン、手の甲の筋張り方が、少年の膜をあちこち破って飛び出している。

「ごめん、びっくりした？」

変声期のぶれから完全に脱した、低い落ち着いた声も。

驚いた。相手がすんなり謝ったことに。一束が見る限り、学校という箱の中では、後輩は先輩に盲目的な従順さで従うものだったから。中学校の時がそうだった。下級生が使ってはいけない階段や使ってはいけない水飲み場があり、しかもその暗黙の制約は部活ごとに様々なバリエーションで存在する。せめて三年生で転校してきてほんとうによかった、と胸を撫《な》で下ろしたものだ。

一束の鈍い反応を、寝起きのせいと思ったのか、上級生はひらひら手を振ってみせる。長身に似つかわしい大きな手だった。そして水かきの広さが目についた。

「あ、すいません」

「起きてる？」

「はい」

「えーと、一年？」

「はい」

「ここって、秘密基地的な、何か？　俺、邪魔しちゃった？」

気遣わしげなようすに威圧的なところはまったくなく、一束は内心で安堵《あんど》する。溜《た》まり場なんかにされて、唯一の安息の場が奪われたらたまったもんじゃない——そこでようやっと思い至った。

「あの、鍵を」

「うん？」

「僕、入り口に鍵をかけてたはずなんですけど」

「ああ、あれね」

当てずっぽうにダイヤル回したら当たったんだ。あっさりと言われた。

「え？」

「1997、だろ？」

「そうですけど……」

何だ、こいつ。安心も束《つか》の間《ま》、むくむくと警戒心が頭をもたげ始める。四けたの番号なんか当てずっぽう、で当たるもんじゃない。

1997。確かに今年の西暦——そして香港の返還年——だから、何の根拠もないランダムな並びじゃないにしろ、個人的な誕生日や記念日ではなく、この数字を連想するっていうのは考えにくいような気がする。

「俺、時々すげえ運いいんだ」

上級生は、にこにこと得意そうに笑っている。明るい笑顔だった。短く切られた、すこしゆるくはねている髪（伸ばしたらどうなるんだろう？）と、陽《ひ》に灼《や》けた肌に、その旺盛な笑みはとてもよく似合っていた。ほこりっぽい、世界から取り残された教室に、突然「動くもの」が飛び込んできたように感じられた。春の光や、甘い空気や、木の芽の匂いをつれて。図体《ずうたい》とアンバランスな、あまりにも屈託のない表情に一束は何となく拍子抜けした。まあいいや、と思った。現実的に考えて、きっと自分が鍵をかけ忘れたのだろう。それをこの男は、ちょっと脚色しただけだ。自分の手抜かりには腹が立つけれど入ってこられたものはしようがない。

「どうかした？　ひょっとしたら具合悪くて寝てた？」

「……いえ」

せめて、たちの悪いやつが侵入しなくてよかったと思おう。

「鍵って、ずっと前からあったよな？」

「はい。でもぼろっぼろで、がたがたしてたから、ホームセンターで工具買って切断しました。もともとちゃちな造りだったし……」

そして似たような色かたちの錠も一緒に買い、サンドペーパーでこすっていかにも年季の入った風合いを演出して取り付けた——という手順を説明すると、一瞬呆気《あっけ》に取られたような顔をし、それから盛大に笑い出した。

「すり替えたわけだ。大人しそうなのに、やること大胆だな。一年なのに、すげー」

「そうですか？」

「うん。名前、何て言うの？　俺、弓削圭輔《ゆげけいすけ》っていうんだけど。三年七組の」

顔には見覚えがないのに、その名前をどこかで知っているような気がした。怪訝《けげん》に思いつつ名乗り返す。

「十組の鳥羽一束です」

いつか、と圭輔はもの珍しそうに口にした。

「いい名前だな」

「そうですか？」

「希望があるじゃん、『いつか』って」

「漢字だと一束《ひとたば》だから、あんまり。野菜みたいで」

「そうかな――一束は、」

教えたばかりの名前をいきなり呼ばれて軽く戸惑った。日本人では珍しいんじゃないだろうか。

「ここで、何やってんの？」

「別に……眠ったり」

「煙草吸ったり？」

空き缶を指す。反射的に、椅子ごとすこし後ずさった。

「結構匂いこもってんぞ」

「……すみません」

「何で謝んの」

「何となく」

「いいよ別に。チクんないし」

頷《うなず》いた顔を信じてもいいような気がした。

「ちなみにどんな煙草吸ってんの？」

ズボンのポケットから箱を出して机の上に置くと、「見たことない」としげしげ手に取って眺める。

「『中南海』？」

「コンビニで売ってますよ」

父親が香港時代から愛飲しているのをくすねただけで、一束個人の好みが反映されているわけではない。

「十組って、英語科だよな」

「はい」

「それでかー。何か落ち着いてる感じする」

自分ではよく分からない。むしろ、うまく適応できていないぶん幼稚かもしれない。

「かっこいいな」

「何がですか」

「え、だって外国で暮らしてたんだろ。俺なんか飛行機乗ったこともないもん」

「単なる親の仕事の都合です」

声が、ぱきんと硬くなった。そうやってたかだか外国暮らしを特別視するから勘違いしたやつらがのさばるんだという八つ当たりめいた気持ちで。

「僕が自分で頑張ったことなんかひとつもない」

「ふーん、そういうもんか」

一気に神経を毛羽立たせた後輩に対し、圭輔はのどかな口調で返した。途端に一束はしまった、と後悔する。初対面の、しかも年上につっかかるような態度を取ってしまった。こういう時、何て言うんだっけ。とっさにいい日本語が浮かんでこないのだ。

「やなこと言っちゃったみたいだな、悪い」

さらりと頭まで下げられて、ますますもって困ってしまった。

「いえ……僕こそ……」

「どこの国にいたの？」

「……香港」

アメリカやヨーロッパじゃないから、「なあんだ」という反応をされるのかと思ったが、圭輔は「あ、俺知ってる！」と子どものように目を輝かせた。そりゃ、知ってはいるだろう。

「今年、中国に還《かえ》ってくるところだよな？」

「はい」

難しいクイズでも解いたみたいにうんうんと頷いてみせてから、今気づいたというふうに「中国になったらどうなるんだっけ？」と尋ねた。そういう、香港に対する無知を、普段なら歯がゆく思うのだけれど、ふしぎとその時はいやな気分にならなかった。

「五十年間は、特別措置で今と変わりません」

一国二制度で、特別行政区として例外的に資本主義体制が許される。

「ふうん」

「先輩」

初めて口にする日本語だった。せんぱい、という響きは何とも言えないくすぐったさで口の中をひと転がりした。

「うん？」

「先輩、どうしてここに来たんですか」

「ああ、俺水泳部なんだ」

窓の外に見えるプールを指差す。

「練習中に、ちらっと人影見えたんだよな」

「ものすごく目がいいんですね」

ここから、プールにいる部員はこまごま動くごま粒にしか見えない。向こう側から一束を視認するのはもっと難しいだろう。

「うん」

特に褒めたつもりもないのに、嬉《うれ》しそうにする。

「でもあそこ鍵かかってたよなあって思って。友達に言ったら幽霊じゃねえのとか言うし」

「幽霊？」

「何か昔、ここで首吊った生徒がいるんだって」

「へえ、そうなんですか」

あっさりしてんなあ、と圭輔は苦笑する。

「うす暗いし、古いし、ここには近寄りたくもないって女子とか、多いよ」

それは却《かえ》って好都合、と思っていたら、「喜んでるだろ」と指摘された。

「どうして分かったんですか？」

「分かるって」

終業のチャイムが鳴った。圭輔が「あ」と立ち上がる。一束はその時、自分でも驚いたのだけれど、出会ったばかりの上級生が行ってしまうことが名残惜しかった。

するとそれもお見通しなように「なあ」と笑いかける。

「暗証番号、変えたりしないでくれると嬉しいんだけど。俺も誰にも言わないからさ」

「……どういう意味ですか？」

「またここに来てもいい？」

別に一束の家じゃないんだからそんなのは好きにすればいい。でも、少なからぬ弱味を握っているのにそれを利用しようなんて素振りはさらさら見せず、一束を尊重してくれるやり方を好ましいと思った。この人は、とても大人なんだ。

「どうぞ」

と一束は答えた。

「お前が、もし寝てたら起こさないように気をつけるけど、起きてたら、話しかけてもいいか？」

「……そうやって何にでもいちいち許可を取ってるんですか」

言ってしまってから、我ながら感じのよくない表現だと思ったが圭輔はそれでも怒らなかった。

「いや、割と図々しいほうだと思ってるんだけど、ちょっとお前ってふしぎな感じだからさ」

「……単に日本語が下手《へた》なだけだと思います。よく言葉を知らないので」

「何で？　めちゃめちゃしゃべれてると思うけど」

「でも僕……」

言いかけて、やっぱりやめようかとも思ったが、圭輔の瞳《ひとみ》が雄弁に続きを求めてくるので、打ち明けた。

「この間も、『うなぎのぼり』が分からなくて」

「は？」

「テレビで見たんです。うなぎって、あの、ぬるぬるしたやつでしょう。うなぎのぼりって、だから、巻きつくみたいに木に登るような、そんな感じかと。でも辞書引いたら全然違ってて。こういうの、みんな知ってることなのにみっともないですよね」

圭輔はしばらくまじめな顔をつくっていたが、やがて風船の空気が抜ける時のような勢いで笑い飛ばした。

「うなぎのぼり……うん、確かに、ああ、なるほど……」

「……そんなにおかしいですか？」

うんバカだな、と同意されるのも正直不愉快だけど、物笑いの種にされるなんて不可解だった。

「だって、ごめん……一束って面白いな」

また話しようぜ、とてらいなく目を見て言った。

「大丈夫だよ、日本で育っててもうなぎのぼり知らない高校生は絶対いるって」

「そうですか？」

「そうだよ。しゃべってて、分かんない？　あ、こいつ全然物知らないじゃんとか」

「あんまり、人としゃべらないので……」

「そうなの？　……うん、そうっぽいけど」

「家族と、入試の面接官以外でこんなに人と会話したのは初めてです」

「え、そんなの俺、寂しくて死んじゃうけど」

たくましい、大人の男のような身体をしてそんなことを言った。素直すぎやしないか。

「いつから日本に帰ってきてんの？」

「一年前です」

長いな、と驚いてから、ひとりで「よし」と何かを決める。

「一束、やっぱり俺としゃべろう。これからたくさん」

「え？」

「たくさんしゃべったら慣れるよ。分かんないのも、分かんないって知っちゃうのも。どうってことない。しゃべらないから不安になるんだ」

「……それは僕の、日本語の先生になってくれるってことですか？」

「俺だって国語苦手だもん、堅苦しいふうに考えないでさ。言っただろ、面白いからもっとしゃべってたいの。あ、やべ、遅れちゃう。じゃあまたな」

圭輔がいなくなってから、一束はくすんだ天井を見上げてふう、と息を吐いた。疲れたのだ。久しぶりに他人と近くで、ふたりきりで、長い時間しゃべったから。脳が凝る感じ。香港にいた頃は決して内向的じゃなかったことを思えば、ずいぶんと人と接する能力が錆《さ》びついていたのだろう。

そりゃ親も心配するよ、とその時初めて素直に納得できた。疲労は心地よかった。たっぷり遊びすぎて、夜眠りたいのに一日を反すうしているとどんどん目が冴《さ》えてきて、身体はぐったりしても、内側がざわざわするあの感じに似ている。

静寂は、圭輔の存在や声を知ってしまった後だと妙に物足りなく感じられた。

不安、と圭輔ははっきり言った。一束は一度も口にしていないのに。でもほんとうのことだった。どうしてああもさらりと、してやったりのテンションもなく人の心中を見抜くんだろう。一束は日本語をしゃべっていると心細かった。自分の言葉が正確に届いているか、相手の言葉を過不足なく受け止めているか。家の中では日本語を使ってきたし、読み書きも会話も基本的には差し支えない。

けれど一束にとって日本語はかたちを持たない水で、その中に球根の自分がぷかぷか浮かんでいるだけの心許《こころもと》なさがつきまとう。骨身にしみていない感じがする。これは両親に言っても分からないだろう。広東語の社会にいると、ちゃんと土に根を張った気持ちになる。

たとえば、むかつく、という言葉が一束にはまだよく分からない。怒る、腹を立てる、要はそういう感情なのだろうけれど、「むかつく」だけが持つニュアンスを捉《とら》えきれないのだ。そんなに深く考えず多用しているのかもしれないが、深く考えないでいるのがそもそも一束には無理だった。そういうちいさな隔たりが日々の中にいくつもあって、自ら外界を遮断してしまわないとどんどん萎縮《いしゅく》してしまいそうで。

非常にざっくりとした解釈ではあるのかもしれないが、圭輔はそんな一束の弱さに気づいてくれたような気がした。

弓削、という名字をどこで聞いたのかふしぎだったが、何のことはない、クラスの女子がよく口にする名前だった。やたらと声が大きいのと「ゆげ」というあまり耳慣れない名字が記憶に残っていたのだ。「水泳部の弓削先輩」。きょうは行きのバスで会えたとか、三時間目体育だから窓から見えるかなとか、こまごまとしたトピックをさも一大事のようによく語る。それらの情報網によると、圭輔には彼女がいるらしい。同じ三年で、水泳部のマネージャーの「あみ先輩」。

——別れてくんないかなあ。

圭輔に関するうわさ話は、大概その一言で締めくくられていた。たくさん口にすれば願いが通じると思っているのかもしれない。容姿やスタイルに言及しない以上、きっと「あみ先輩」とやらはかわいくて圭輔とお似合いなんだろう、と一束は少々意地悪い気持ちでそれを聞いていた。

恋人。そりゃ、圭輔にはいてもおかしくない。いないほうが意外だ。

でも、旧校舎の教室で、漫画を読んでげらげら笑っている姿を見ていると、異性に相対している特別なモードの圭輔というのがちょっと想像しにくかった。いつまでも虫捕りや缶蹴《かんけ》りに興じている少年の風情だ。

「先輩、これ、こないだ借りてたやつ」

「おう、面白かった？」

「はい」

あの日の言葉通り、圭輔はちょくちょくやってくるようになった。昼休みは大概ここで過ごすし、自習が発生すればいそいそと訪れ、時々は自主的に自習している——要するにさぼりだ。受験生なのにいいんですかと訊いたら、俺は水泳で大学行くもんねと笑っていた。だから、何曜日の何時間目、と決めて落ち合い、漫画やゲームのソフトを借りるようなこともあった。

「先輩」

「うん？」

「七巻に出てきた『冥土《めいど》の土産《みやげ》』っていう言葉がよく分からなかった」

「ああ――……いいよ別に。日常生活でそれ使うやつ、俺見たことねーもん」

「そうなんですか？　あと『馥郁《ふくいく》たる湯気』って」

「それも使わねーなー」

小説を読むよりずっとリアルな日本語が学べると、漫画を勧めた張本人のくせに。

「……先輩基準に従ってたら、俺の日本語はますます貧しくなるような気がします」

「何だとてめー」

「後ね、俺、弓削先輩の名前ってこの『湯気』の字かと思ってましたすいません」

「一束はほんと面白いなー」

圭輔じゃなければ腹を立てたと思う。馬鹿にされてる、と。でも圭輔が、あまりに何の他意もなく言ってのけるから気にならないのだ。頭の中を覗かれても何の不都合もなさそうだった。

本を閉じると、圭輔は窓の外を見て「もっと早くに来れてたらな」と呟《つぶや》いた。

「桜、特等席で見れたのに」

三階からちょうど望める位置に桜並木が整備されているが、一束は気にかけたことがなかった。

「……みんな、桜が好きですね」

日本人は、とつい言おうとして口をつぐむ。

「一束は好きじゃない？」

春が近づくと天気予報でしきりと開花情報だの桜前線だのの単語が流れ、咲きました、今年の桜はこうです、花見のピークはこの週末、残念ながら次の雨で散ってしまいそうです……。たかだか花、の動向をここまで気にする風俗というのは一束の目に少々奇異だった。けれどそれを変だと突っ込むことも許されないムードが三月四月には何となくあって、桜に興味がないと言えばアイデンティティの否定にまでつながるような気がして慎重に答えた。

「きれいだとは思います。でも……ぼやぼやっとした色の、どこにでもありそうな花に見えて……桜桜って騒ぐのはちょっとふしぎかも」

「ああ、そうだな、俺もみんながもてはやすから値打ちあるように思ってるところはあるかも。だってほかの花なんか、チューリップとひまわりぐらいしか分かんないし」

「ずっと日本で見てたら、俺も好きだったのかも」

「うん」

机を挟んで向かい合う圭輔が、後ろ向きにまたがった椅子の背で腕組みしてじっと一束を見た。

「一束は、俺とは全然違う世界を見て育ってきたんだな」

一束の目の奥に、一束の育ってきた景色を探すように。

「そーゆーのって何か、やっぱりすごいな」

きれいに上がった眉《まゆ》の下にある瞳は、水のように指で触れれば潜れてしまいそうな、とても透き通ったもので満たされている気がした。水のほとりでいつまでもぼんやり佇《たたず》むように、一束はそれを、風景として観賞していたいと思った。でも心のある生身の人間にそうするのは不自然で不躾《ぶしつけ》だ。圭輔が眠ってしまえばその目にも覆いがされる。もどかしくなってしまって、一束のほうから背けるように目を逸《そ》らした。その動作の大仰なのも圭輔は気づかないのか気にしないのか、ゲームの話を始める。

「クーロンズゲートっていうの、知ってる？　ＰＳの。あ、香港だ、って思って買っちゃった。九龍城ってほんとにあるんだって？」

「ガウロンかカオルーンです。クーロンなんておかしな読み方だ」

九龍城砦《ガウロンセンチャイ》。香港の混沌《こんとん》の象徴とされた魔窟《まくつ》。違法な建築に建築を重ね、入り組んだ迷路のようにそびえる異様な建造物の中で、日常と非日常、合法と非合法、生活と犯罪が隣り合い、混じりながら作り上げられた、香港の中でも特殊な社会——といっても一束も実際に訪れたことがあるわけじゃない。現地のテレビや新聞で聞きかじった程度の知識だ。

「三年も前に取り壊されましたけど。今は公園になりました」

「え、まじで？　もとから城だったの？」

「中国が清だった時代、役人の駐在所だったらしいです。その後香港はイギリスに取られるんですけど、九龍城だけがその中に入ってなくて、治外法権になっちゃって」

「へーえ」

圭輔は、もういいよ、というぐらい感心してみせて、「ゲームの話振っただけなのに、賢くなれた」と朗らかに言った。一束が申し訳なくなってしまうほど。自分の知識なんて、ほんの上澄みにすぎない。ただの一駐在員の子どもにすぎなかったのだから。

でも圭輔は好奇心が旺盛なのか愛想がいいのかいつものめり込むように一心に一束の話を聞いてくれる。その時一束はくすぐったさと同時に、ささやかな誇り、みたいなものがこみ上げてくるのを感じる。香港での生活が、意味あるもののように思える。それで、日本語へのおそれをひととき忘れて話す。空を狭《せば》める建物の群れや、高層ビルの狭間《はざま》に突っ込んでいくように着陸する啓徳《カイタック》空港のことや、入り組んだ路地から間近に見上げた飛行機の巨大に白い腹。羽をむしられたばかりの鶏がぶら下がる街市《ガイシ》について。

家に帰ると、母親が「ねえ」と神妙な顔つきで尋ねた。

「これ、机の上に置いてあったんだけど……」

圭輔が、まとめて貸してくれたＣＤだった。

学校の先輩に借りた、というとあからさまにほっとした顔で「そうなの」と頷く。大方、憂《う》さを溜め込んで万引きでもしたんじゃないかとおろおろしていたに違いない。見当違いの心配をしてくれる。

「その、先輩っていう人とは仲がいいの？」

「……よくしてもらってる」

「そう」

母は先ほどまでの暗い表情はどこへやら、急に声を弾ませて「今度うちに連れてきなさいよ」と言い出した。

「何で」

「何でって……あんたがお世話になってるならお礼が言いたいじゃない」

「いいよ」

今度は一束の声のトーンが下がる。

「どうして」

「何か変だよ」

「友達を家に招《よ》ぶのはふつうでしょう」

友達じゃない、と母の台詞《せりふ》を半ばで遮った。

「先輩とは友達になれないよ。日本の学校って、みんなそうだろ」

CDを引ったくるようにして部屋に逃げ込んだ。ほんとうにろくなことを考えないのだから。

仲よしさんができたの？　じゃあおうちで一緒に遊びましょう——母の提案はまったく子どもじみて聞こえた。そして一東は実際子どもだが、圭輔は違う。ふたつしか離れていないのに、大人へのとっかかりをぐっとつかんだような顔かたちで、ちゃんと恋人がいて。

ふたりでいる時、無邪気に振る舞うのは一東を気遣って合わせてくれているのかもしれない。けれど、第三者を交えて圭輔と会うのも、あの場所以外で会うのも想像しづらかった。どう考えてもそんなのは友達じゃない。

母が、先輩を家に招べって——なんてどの面《つら》下げて言える。

そんなことを考えているといらいらしてきたのでベランダに出て煙草の火をつける。そういえば最近本数が減った。圭輔といる時は控えるせいだ。

感心しないけど、吸いたいんなら吸え、と圭輔は言ってくれる。

——俺が後から入り込んでんだから。

——でも、先輩はスポーツマンだし。

圭輔が泳ぐ場面を、実は見たことがない。どんな種目の、どれぐらいの距離を得意としているのかも。

でも、「水泳で大学に行く」と言った圭輔の言葉を、一束は何ひとつ疑っていなかった。だから、副流煙にさらすわけにはいかないなと思っていた。

——お前、やっぱりずれてるよ。

圭輔は、まいったなというように頭をかいて、それからすこしだけ厳しい顔になった。

——俺の肺に気を遣うぐらいなら、自分の心配して禁煙しろよ。

あの時、ちょっと怒ってたな、と思い起こす。それは何だかいい気分だった。性懲《しょうこ》りもなく煙を含んでいるというのに。

衣替えの季節になった。出会った当初に比べ、圭輔はまた一段と陽に灼けた。本格的な夏を迎えたらどうなるのか、楽しみなような、ちょっと怖いような。そして「もうすぐ授業でもプール始まるんだ」と心待ちにしていた。朝も放課後も泳いでまだ足りないなんて。一日の何分の一かを水に浸かって過ごしている圭輔は、何だかもう一束とは違う生き物に思える。

「こないださ、一束のクラスが体育やってる時、教室から見てたんだけど、お前、毎回いなくない？」

「いつも見学なんです」

大人しく見ていたためしはなく、ここに入り浸っているのだけれど。

「何で」

「身体弱くて」

「煙草吸ってんじゃん」

「それとはまた違う問題です」

「あやしーな」

「ほんとです。ちゃんと、親から診断書出してもらってるんで」

持病があるのは本当だ。でもそれは圭輔が想像もつかないものだろうし、詳細を語るつもりはなかった。

「そっか」

圭輔は若干落胆したようだった。

「何ですか」

「いや、前々から言おうと思ってたんだけどさ」

「だから、何を？」

いつも明快にして率直な圭輔が口ごもるような事案を、一束は思いつけなかった。

「……お前、水泳部に入る気ないかなって……」

ちょっと、反応ができなかった。冗談や思いつきにせよ、突拍子がなさすぎる。水泳が好きだとも興味があるとも、口にした覚えはない。

「困ってるだろ」

「はい」

「はっきり言いやがって……まあ、そうだよな」

分かっていたと言いたげなのに、圭輔の表情はどこかすねたようだった。

「だって俺、全然泳げないんですよ」

「記録追うだけが部活じゃないし、うちは初心者大歓迎だよ。一束がいれば楽しいのにな、ってちらっと思っただけ」

無理だ、と思った。体育でさえいやでたまらないから避けているのに、水泳だなんてハードルが高すぎる。

だって。

「マネージャーとかって手もあるけど。お前、几帳面《きちょうめん》そうだし」

「すごいズボラですよ」

「そうなの？」

「はい。あ、ズボラって言葉はこないだ借りた漫画で覚えました」

「……とにかく、入部する気はないってことだな？」

「はい」

いかにもお義理で「すいません」と付け加えると「心こもってねーな」と苦笑いだった。気分を害してはいないようでほっとした。

マネージャー。絶対ならないけど、なったら「あみ先輩」の下につくわけか。クラスの女子が相変わらず振りまいている情報によると、一緒に登下校して関係は良好らしい。それでいて一束は、圭輔の口から彼女の話題を聞いたことがない。案外照れ屋なのか、一束みたいな子どもに話したって無意味だからか。確かに、誰ともつき合った経験がないから、何のコメントもアドバイスもできないのだけれど。

「あーあ」

気の抜けたような声を出して机に顎を載せる。

「何でそんな変なこと思いついたんですか」

「何が変だよ」

「俺に水泳させようなんて」

「別に泳がせたいわけじゃねーよ。……言ったろ、一束と一緒だったら楽しいだろうなって、思ったんだ。ただそれだけ」

もうこの話終わり、とすこし急《せ》いた口調で打ち切った。あれ、と一束は思う。ひょっとしたらこの人は、照れているのかもしれない。そう意識した途端、一束も猛然と気恥ずかしくなってしまった。居心地が悪い、でもいやな感じじゃない。

先輩、これ、日本語で何て言うんですか。

「……暑い」

「え？」

「いや、暑いな、この部屋」

これまた唐突な切り出し方だったが、ぎこちない固まり方をした空気を、圭輔なりに攪拌《かくはん》し、ほぐそうとしているのが分かって「そうですね」と応じた。

「旧校舎はエアコンないから」

「あっても、真夏日の午後以外はつけちゃいけねーんだよ。職員室なんかがんがんにかかってんのにさ。不公平だよな」

もとからゆるめに結んでいたネクタイをほどいてしまうとくしゃくしゃに丸めてズボンのポケットに突っ込む。そしてシャツのボタンをあれよあれよという間に全開にしてしまった。左右の身ごろを両手でつかんではたはたと扇ぎ、ささやかな風を起こす。あけっぴろげな仕草に一束は目を丸くした。

「……裸族」

「裸じゃねーだろ！　お前、へんな日本語ばっか輸入してないか」

自前で風を送りながら「早く水に浸かりてーな」と希求に近い声で呟くので笑ってしまった。やっぱりほんとうは、水棲《すいせい》の生き物なんじゃないだろうか。

「……一束、暑くないの？　まだベストなんか着て」

「寒がりなんで」

「前から思ってたんだけど、お前の上の服ってぶかぶかじゃない？　シャツも」

「大きいのが好きなんです」

「布の中で胴体が泳いでるって感じだな」

「……水には浸かれないんで」

ごまかしにすぎなかったが、圭輔はそれ以上追及しようとせず「何だそれ」と笑ってくれたのでほっとした。

最後に泳いだのはもう五年近く前になるだろうか。学校や、両親に連れられて行ったホテルのプール、それから浅水灣《チンスイワン》。まだ病気の症状が顕著ではなかった。全身が浮かぶ感覚、手足に絡むような水の抵抗、呼吸を止める苦しさ。それらを鮮明に思い出すのはもはや難しい。でも目の前の身体は日々それらをいきいきと満喫しているのだろうと思えば、ますます差異を感じずにはいられなかった。


旧校舎以外で、初めて圭輔と接触した。

教室移動で三年の校舎を通り抜ける時、廊下に圭輔を見つけた。窓際の、腰ほどの高さのロッカーに腰かけて友人らしい何人かと楽しそうにしゃべっていた。「上級生」って群れ固まると、途端におっかない存在に見える。呆れたことにその時も、シャツの前を全部開いていた。

圭輔が動いたり笑ったりするたび、むき出しの肌も呼吸するように動いた。無駄がひとつもない若々しい筋肉が、張りのある皮膚にぴったり覆われて。鎖骨の下から胸にかけての、ごくゆるやかな隆起。かっこうはだらしがないのに、身体は美しい。すこし離れたところから窺っていると、そのアンバランスは吸着といっていい強さで一束の目を引いた。光沢に近いなめらかさを持ってうねるような腹筋。意図はなくても、ただそこにあるだけで誇示しているように思えた。その均整を、健やかさを。

残酷な裸だ。

「こらっ弓削!」

すぐに教師がやってきて、その風体《ふうてい》を叱りつけた。

「ちゃんとボタン留めろ、むさ苦しいものを見せるんじゃない」

「え、女子ならオッケー？　差別だ」

「何言ってんだ」

「だって暑いんすよー。着替えんのめんどくさいし、家から海パンで来たいぐらいなんすけど」

変態かよ、とみんなが笑って、そんなに変かな、と首を傾《かし》げた圭輔が、その時一束に気づいた。内心でひどくうろたえた。友達といる時は、まるで赤の他人みたいによそよそしく無視されるんじゃないか。そんな気がしていた。距離を取れば全体が見える。全体が見えれば、自分と圭輔が一体どういう部分で交わっているのか分からなくなってしまう。ふたりでいる時のあの親密さは、閉ざされた空間でのみ有効な淡い魔法みたいに思えた。

けれど圭輔は、人知れず緊張に固まっている一束に軽々と手を振ってみせた。

「一束！」

思いがけず遭遇して嬉しい、そう雄弁に伝える声が、顔が、大きな手の動きが、一束の、ひとりで築いていた不安の壁をひらりと飛び越えた。明るい午後の陽射しが窓から入ってきて、白いシャツの肩を、光との境目が分からないぐらい照らした。

何て鮮やかなんだろう、目を細めて一束は、もう世界が曖昧《あいまい》なグレーじゃないことに気づく。

「次、何の授業？」

とても個人的な発見のことで胸がいっぱいになり、ちいさな会釈だけでやっとだった。きびすを返し、今しがた上がってきたばかりの階段を下りて迂回路《うかいろ》を選ぶ。近づいて、どんな顔で何を話せばいいのか分からなかったから。廊下の真ん中にペンキで描かれた白線（右側通行徹底のため）、階段の手すりの赤、上ばきのつま先の青。これといった華やぎもない箱の中の、ごくありふれたアクセントがくっきりと目に迫るように見えた。色、というものを初めて認識する瞬間はこのような感じなのかもしれない。感動というよりは圧倒。視覚だけじゃない。耳にも鼻にも肌にも色彩が刺さるようで、何だかいてもたってもいられなかった。駆け出したい気分だった。経験したことのない衝動だった。手を振った瞬間、うすい水かきが陽に透けて、オレンジと朱を混ぜたように見えた。どんな花の色よりもそれをきれいだと思う。泳いでばかりいる圭輔の、水かき。あの色を絵具のチューブに詰めてくれたら、百本でも買い占めて周り全部に塗りたくってしまいたい。

先輩、と心の中だけで呼びかける。

先輩が俺に、新しい色をくれた。劇的なようだけれどほんとうはそうじゃなく、ふたりで交わした他愛のない会話や、一束を見つけて「お、いた」と扉を開ける時の声や表情、笑った顔、そんなもののすべてが、かちこちにこわばっていた心をすこしずつ溶かし、ほどいてくれていた。

水を愛する圭輔の存在そのものが、一束にとっての水のようだった。一束を潤し、やわらかくするもの。

それからすぐ梅雨に入り、今度は一束の内面とは無関係に景色はグレーに沈んだ。やっぱり太陽の下で泳ぐほうが楽しいんだろうなと勝手に思い込んでいたが、圭輔は「どしゃ降り

ん中泳ぐのとか、すんげー好き」と力説する。

——息継ぎしようと思って頭上げるじゃん。したら開いた口ん中にまた水が入ってきて、あれ？　って思って。どっちが水ん中か分かんなくなってきて、自分が肺呼吸してないみたく思える。

そんなのパニックに陥りそうだと一束は思うが、圭輔は実にいきいきと話す。

——水も空気も、自分の身体も、全部の境目が分かんなくなってさ、ふわーって。あれだ、雪降ってる時ずーっと上見てたらさ、どっちが空でどっちが地面か分かんなくなんの。雪と一緒に、空に吸い込まれていきそうな、あの感じと似てる。

と言われても。

——俺、雪って見たことないんで。

——え？

——すごいちっさい頃は見たのかもしれません。でも覚えてないし、香港は暖かいから。一番冷える二月でもせいぜい最低気温が一〇度割るぐらい。

——そうなのか……。

そもそも一束は寒がりなので、雪など降らないに越したことはない。桜と同じで、特別扱いの理由が分からない風物だった。けれど圭輔は雪に関しては、一束が未経験で損をしていると思っているみたいだった。

雪より、蒸し暑い午後のスコールの方がよっぽど好きだと思う。ねずみ色に湿った雲を連れて叩《たた》きつけるようにどしゃどしゃ降る。うるさくて話もできやしない。

そして人も地面も建物も、またたく間に色濃く濡《ぬ》らしてしまうと気が済んだとでもいうようにあっさりいなくなる。わがままで傍若無人な水。あの、通り雨の空と、そこに向かって突き立つようなビルを見上げるのはうっとりする。

わざわざ主張したりはしなかったが、その時はたと当たり前のことに気づき、圭輔をすこし遠くに感じた。

圭輔は、水の外で浴びる水は、嫌いだろうか。一束が圭輔の知らない世界で生きてきたのと同様、圭輔は圭輔で、一束には手の届かないものをたくさん持っている。

ああおおした桜の葉が雨の重さにうなだれていた。日本の木はおおむねこぢんまりと行儀がいい、という印象だ。亜熱帯の香港では、どんな街中でも濃い茶色の立派な幹を巨大に伸ばし、くっきりとしたビリジアンに繁っていた。あんなにも過剰に人工的な都市が、妙に泥くさくていやみがないのは自然の生々しい力がそこかしこに漲《みなぎ》っているせいかもしれない。

圭輔はよく眠っていた。目の前に座っても身じろぎもしない。宿題でもしようとしていたのか済んだのか、肘《ひじ》に押しやられて今にも机から落っこちてしまいそうな教科書の下には「進路希望調査票」と印刷されたプリントがあった。

圭輔は三年生だから、七月の半ばに一学期が終わって夏休みを挟んで、二学期が三カ月半、冬休みが明けたらもう受験を控えて自由登校だ。そうしたらここに来なくなる。ここで会って話すこともない。待つことも待たれることも。大学に入ってからもわざわざ足を延ばすほど暇でも物好きでもないだろう。一束会いたさに？　ありえない。

ざわざわする物思いが腹の中を駆け巡るのでじっと座っていられず、席を蹴るように立ち上がっていた。圭輔を揺り起こしてしまいたかった。

何でのんきに寝てられるんですか、と。

あと何回、ここでこうしていられるか分からないのに。

初めて会った時と逆だ。圭輔をまねて手を伸ばしてみたが、あの時の一束のようにすぐ目を覚ましそうで十センチから近づけることができなかった。どうして圭輔は自分の髪に触れようと思ったのだろう。

立ち尽くしているだけだったが、傾いて後ろの机に引っ掛かっていた椅子がずれて床に倒れ、結局圭輔は目を覚ました。

「あ、すみません」

「……なに暴れてんの」

寝起きの、もったりと半熟な眼差《まなざ》しで一束を見て、笑う。見たことがない、というより見てはいけないような、親密すぎる表情だった。とっさに「あみ先輩」が浮かんだ。

——あのふたりって、最後までやっちゃったかな？

同級生のあけすけな言葉も。

——一年ときからつき合ってんでしょ？ ならもう、してんじゃない。

——やっぱし？ だよねー。うわー、考えると落ち込む。

あまりに俗な詮索《せんさく》がその時不快だった。脂のついた指で、圭輔にぬらぬら光る汚い指紋をつけられたような気がした。でも今、「あみ先輩」は寝起きの無防備な圭輔を何回ぐらい見たんだろう、と考えた自分は、彼女たちとどれほど違うのか。急にものすごい罪悪感がこみ上げてきて、顔が見づらかった。目が合えば自分の、得体の知れない卑《いや》しい思いがありありと透けているんじゃないかと。

「一束」

「……はい」

答える声が上ずった。何を言われるんだろう。圭輔の言葉に、こんなに緊張して身構えたのは初めてだった。

「『ガンジー』の綴《つづ》り、分かる？」

「……は？」

「いや、これさ」

圭輔は、進路の紙のさらに下にあった一枚をかざす。英作文の課題のようだった。

「『My respect person』っていうテーマなの。ガンジーって書こうとしてたらスペル分かんなくて。あ、よく考えたら『マハトマ』も知らない」

「……何でガンジー？」

「え、最近伝記読んで感動したから」

何か変？　という感じにきょとんとする圭輔を見ていたら張り詰めていたものが一気に弛《し》緩《かん》し、笑いに取って代わられる。

「何だよ」

「いや……普通は『my father』とか『my mother』じゃないかなって」

「あ、そうか。じゃそうしよ」

いそいそと書き始める圭輔に「分かんないとこあったら教えますよ」とからかう余裕さえ出てきた。

「英作はそこそこ得意だからいいの！　それよかグラマー教えて」

「俺、文法全然駄目です」

「お前でも？」

「そんなの考えてしゃべったことがないんで」

「だよなー。文法いらないよなー」

それから圭輔が作文に集中し始めたので、一束は話しかけないことにして、そっと傍《かたわ》らの教科書をぱらぱらめくってみる。一学期だからまだ角がぴんと張っていて真新しさが残っている。ところどころにアンダーラインや書き込みがしてあって、案外まじめに授業を受けているんだなと若干失礼な感心をしたが、解読不能なまでにうねうねと連なる文字があるのは、どうやら睡魔にやられてしまったようだ。声を立てないようにして笑う。

しかし、ある数学記号を目にした途端不快な記憶がよみがえってきて思わず「あっ」と洩《も》らしてしまった。

「――ん？　どした？」

圭輔が手を止め、顔を上げる。

「いえ、すみません、何でもないです」

「何だよ、言えよ」

そのままシャープペンを置いてしまったので、一束は仕方なく白状する。

「中学校の数学の授業で、俺、これが読めなくて」

「＞」の箇所を指さす。

「大なり？　何で？」

「あっちじゃそういうふうに習ってないから」

「へー、何て読むの」

「まんまです。『A is greater than B.』」

「あ、なるほど」

「……そのまま言ったら、くすくす笑われて、『さっすがー』とか言われるし、先生も困惑した顔で見るし……だって知らないんだからしょうがないじゃないか」

そうだよな、と頷いてから、圭輔は唐突に「俺、小六まで大阪にいたんだよ」と切り出した。

「はい」

「中学からこっち来て……最初はさ、すっごい違和感あったの。うわっ、みんなドラマみたいな言葉でしゃべってるって。『標準語』って言い方はよくないと思わないか？　何で東京だけ『東京弁』じゃないんだよって……まあそれはいいんだけど、俺、こてこてに大阪弁で、やっぱりちょっと、やな感じに目立っちゃう時もあったし、『え？』って訊き返されたり、『それどういう意味？』って言われたりすると、口きくのが怖くなった」

「……今、全然そんなことないですよね」

「子どもだからさー、呆気なく慣れちゃって。親も最初は心配してたけど、一カ月もしたら俺が家族の誰より東京モードだもん」

「大阪弁、しゃべってみて下さいよ」

つい興味本位で口にしてから、慌てて「ごめんなさい、いいです」と取り消す。自分が言われると気分を害するのに、人は立場が変わればたやすく忘れてしまうものらしい。

「いや、いいよ。いいんだけど、何つーか、長いこと使ってないから、改めて訛《なま》ろうとすると難しいつーか恥ずかしいつーか……とっさの時に出ちゃったりはするんだけど」

「分かります、それ」

「だろ？　……でさ、何が言いたかったかっていうと、今は東京になじんだけど、引っ越してきたばっかりの、知ってるやつがいない、同じ言葉話すやつもいない、街に見覚えなくって、路線図見てると頭痛がしそうになって……あの時の、心許ない感じ、自分ってこんなに気が弱かったっけ？　って不安はまだ覚えてて、ずっと消えないんだと思う。一束は俺の何倍もそうなんだよな」

「そう……なのかな」

「だから、俺は全部は分かってやれないかもしれないけど、いやなこととか、それが昔の話でも、ここにいる時に置いてってたらいいよ」

こんなにあたたかな言葉を、他人からもらったのは生まれて初めてだと思う。圭輔の明るい健全さに胸が詰まり、返事ができなかった。調子のいい安請け合いではなく、心からの優しさだと分かるから。

「まあ、聞いたから何かしてやれるってわけでもないんだけどさ。あんままじに取るなよ」

自分の発言に照れた圭輔が、ほこりを掃きよせるようにささっと取り繕って話題を変えた。

「じゃあさ、これは英語で何て読む？」

教科書の隅に「$A \leqq B$」と書きつけると、シャープペンを差し出した。ここに書けということか。一束は「A is less than or equal to B.」と綴る。

「ちょっと難しいな……じゃあ、これは？　まだ習ってないか」

「$a \in A$」と書いた。

「日本語だと、aは集合Aに属す、なんだけど」

確かにそこまで習わなかった、が見覚えはある。一束はしばし考えた。

「たぶん、こう」

a is an element of the set A.

「それか……」

a is in A.

「へえ」

一束の手元を見守っていた圭輔が、楽しそうに笑った。そして「いい？」と言って一束からシャープペンを受け取ると後に書いた方を丸で囲んだ。

「こっちのが好き」

「何でですか」

どうせ簡単だからって言うんだろうな、と思いながら尋ねる。

「ラブレターみたいじゃない？」

圭輔はささやくように口にした。

「a is in A……aはAのもの、とかそんな感じしない？」

「……しません」

心臓が鳴るのは、きっと。急に圭輔が恋愛よりの発想をしたので驚いただけだ、と一束は自分に言い聞かせた。

「そっかな」

同意が得られなかったのを特に残念がるようすもなく再び英作文に取り組み、一気呵成《いっきかせい》に書き上げてしまうと「どう？」と差し出してきた。作文なんて、できれば人に見られたくないと一束は思うが、圭輔は構わないらしい。戸惑いながらさっと目を通す。ところどころ表現が直訳すぎるような印象ではあるものの、大きな間違いは見受けられなかった。

「大丈夫だと思います」

「ほんとに？」

「いや、直してもいいですけど、あんまりよくなってもばれるんじゃないですか」

「何だとこの野郎。……まあそうだけどさ」

雑な四つ折りにして英語の教科書に挟んでしまうと、「次はこれだ」と白紙の進路希望調査を真ん中に据える。

「先輩、水泳選手になるんじゃないんですか」

「そりゃ、ずーっと泳いでけたらいいけどさ、どうだろうな。同い年でもうオリンピック候補って騒がれてるようなやつに比べりゃ、俺なんか凡人だからなー。大学でそこそこ、が限界だろ」

圭輔の口から、そんな消極的な台詞を聞くのは初めてだった。本気で好きで打ち込んでいることに対してそういう自己評価を下さざるを得ないのは心中穏やかではないだろうに、口ぶりは至って普通で、屈辱や悔しさを一束に覗《のぞ》かせなかった。

思った。先輩は俺のことを分かってくれたのに、俺は先輩のことを何も分かってあげられない。

「じゃあ将来、どうするんですか?」

「そうだなー。漠然としてるけど、外国に行ける仕事がいいよな。お前んちのお父さんみたいに」

「外務省とか?」

「そんなエリートコース無理に決まってんだろ。でも、とにかく色んなとこで働いてみたい。行きたい国でも、行きたくない国でも」

「行きたくない国に行ってどうするんですか」

「自分じゃ行きたくなくても、仕事で無理にでも行かされたら、案外好きになれるかもしれないだろ？　それは、行きたくて行った国を好きになるよりラッキーだって気がするから」

この、素直で伸びやかな好奇心が役に立つ仕事に、圭輔はきっと就《つ》くだろう。そんな予感がした。生意気だと思われそうで言えなかったけれど。

「一束は？」

「え」

「将来は香港で仕事したりさ」

大人になれば、自由に渡航できる。進学や就職をあっちでしたっていい。年を取れば自然に拓《ひら》けるはずの選択肢を、まだ想像もできなかった。正直に「よく分からないです」と答えると、圭輔は力強く「行けばいいのに」と勧める。

「せっかく言葉しゃべれるんだからさ。絶対それって武器になると思う。今は、肩身の狭い思いしてるかもしんないけど」

「そうかな……」

日常会話がこなせるとはいえ、それで生計を立てていくにはまだまだ努力が必要だろう。でも圭輔にきっぱり言い切られると、叶いそうでふしぎだ。

「一束が香港に住んだら、俺遊びに行くから」

とてもいい思いつきのように、目を輝かせて圭輔は言う。

「そんで、香港の色んなところ案内してもらうんだ」

「……要するに、無料のホテルってことですか？」

「何でだよー。一束が日本に来る時は俺んちに泊まればいいじゃん」

「俺の実家は日本なんですけど」

「あ、そっか」

悪びれもせず大笑いする圭輔につられて笑った。それが何年も先の夢物語だっていうことはたぶん、どうでもいいんだろう。

「俺が大学行くのは三年後で、卒業するのは七年後ですよ」

進学するかどうかも未定だが。

「おう、浪人とか留年もするかもな」

「そういうこと言わないでもらえます？」

「いいじゃん。俺もするかもだし。何か問題あんの？」

「連絡先も分かんなくなって自然消滅してるかもしんないですよ」

「ああ」

何だそんなの、と言いたげに圭輔は断言した。

「俺が一束に会いたくて、一束も俺に会いたけりゃ何とかなるもんだよ。会いたきゃ会えるようにできてんだ——何、お前、そんなこと心配してんの？」

ばっかだなー、と圭輔の手のひらが一束の頭を包んだ。あの、水かきのついた大きな手が。そのままがしがしっと乱暴に髪の毛をかき回される。

「……ばかじゃないですよ」

先輩が楽天的すぎる。でも多くをしゃべると声を詰まらせてしまいそうで、顔をくしゃっとゆがめてそう言い返すのが精いっぱいだった。

「はは、また触っちゃった」

感触を味わうように髪の中に指が潜っていく。

「初めて会った時さ。まじ幽霊だったらどうしようって。ほんとは結構、びびりながら近づいたんだよ。でも、生身っぽいなーって安心して。何でだろ、髪の毛の、つやつやって流れてる感じ、一本一本、じっと見てたら生きてるってすごい思って、勝手にふらふらーって手が伸びちゃって」

「……触ったら、俺が起きた」

「そう」

骨のかたちを確かめるように、てっぺんで、耳の上で、ぎゅ、ぎゅっと押された。これは何のまじないだろうか。

「あの」

「お前、頭ちっせーなあ……」

はずだ。

「普通でしょ」

そりゃ圭輔より頭囲は狭いだろうけれど、首から下とのバランスを考えれば至って標準の
「先輩の手がでかいんですよ」

「そうかなー？　こんなちっせー頭で色々考えてるのかって思うとさあ」

「馬鹿にしてます？」

「違うって。何ていうか……うん……」

すこし待ったが、その続きを言わなかった。うまく言葉にならないのか、圭輔の中でもう完結してしまって言うつもりがないのか、分かりかねた。一束のほうから口を開く。

「先輩だって、色んなこと考えてる」

「俺？　どうかなー。あんま考え込まないタイプだと思ってるけど」

その時、知りたい、という言葉が、するりと滑り落ちた。

「俺、先輩のこと、もっと知りたい」

圭輔が目を丸くして、一束は、とてもおかしなことを求めてしまったと思った。同性の後輩から言われたら困惑されても仕方がないような。気持ちには偽りがない。どう表現すればよかったのか。英語なら？　広東語なら？　いや、それよりこの場を丸く収める適切な日本語を考えなくては。

「あの……俺」

めまぐるしく、たくさんの言葉の断片が頭の中を巡るのだけれど、どれひとつ意味あるまとまりにつながらなかった。ただうつむくしかできなかった。

「ごめんなさい」

蚊の鳴くような声で絞り出したのはその一言で、状況にふさわしいとは到底言いがたかったが、赤くなっているのがはっきりと分かる、血が上った頭ではそれ以上どう振る舞うことも思いつけなかった。

どうしてだろう。この人といると時々逃げ出したくなるのは。顔を見られたら嬉しい。ここで会えたら嬉しい。話ができたら嬉しい。でも同じぐらい、圭輔に自分を自分と認識されるのは苦しい。

うなだれる、後頭部に圭輔の声が降ってくる。

「犬」

「……え？」

聞き間違いだろうか。おずおず顔を上げると、圭輔は窓の外を向いて「今度、うちに犬が来るんだけど」と言った。よく分からないまま「はい」と返事する。

「仔犬《こいぬ》、もらえることになって。……見に来る？」

会話がつながっていないような気がする。一束が返事できずにいると、圭輔は「あれ」と慌てた素振りで視線を戻し、「そういうことじゃなかった？」と訊いた。

「そういうことって」

「いや、学校以外でも会いてーってことなんかなって。え？　違った？　だったら俺の方が恥ずかしいんだけど」

そうなのかな。違うのかな。全然違うって気もしないが、圭輔の言う通りでもないような。けれど圭輔が、一束のためにわざとあっけらかんと能天気な誘いで返してくれたのが分かっていた。必要以上に単純な役回りを演じることで、自分自身を持て余す一束をひょいっと引っ張り上げてくれた。だから一束は、努めて平静に「見たいです」と言った。

「見に行ってもいいんですか？」

「うん。今週、土曜の昼から空いてる？」

「俺は大丈夫ですけど、水泳部の方は？」

「午前で練習終わりだから。じゃ、決まりな。俺んちの最寄駅の前にファミレスあるから、そこで待ち合わせしよう。一時。で、めし食ってからうち行こうぜ」

てきぱきと指示される段取りのいちいちを、大事な公式のように頭に叩きこみながらこくこくと頷いた。

「先輩」

「うん？」

「犬って、どんな犬ですか？」

「柴。って分かる？」

「山吹色の、しっぽがくるんてしたの」

「そうそう。犬好き？」

「……ちょっと怖い。あんまり触ったことがないから」

「チビだから大丈夫だよ。……楽しみだ」

犬のこととも、一束との約束のこととも取れる口調だった。


土曜も雨だった。指定されたファミレスに一時十五分前に着くと、まだ圭輔は来ていなかった。窓のブラインド越しに、知らない街の景色を眺める。住宅街なんてどこも同じに見えるのだけれど、圭輔が生活しているところかと思うとちょっと新鮮だった。ファミレスも、香港でよく行った茶餐廳《チャーツァンテン》を思い出すから好きだ。

待ち合わせなので、と注文を断って店の中と外を交互に見ていると、自動ドアの向こうに見慣れた制服姿が覗き、一束は立ち上がりかけた。そして中途半端に腰を浮かせた姿勢のまま動けなくなった。圭輔がひとりじゃなかったから。

後ろにふたり、女の子がいた。圭輔と同じ制服で、同じスポーツバッグを肩から提げていた。それだけで一束は、自分が本来招かれざる闖入者《ちんにゅうしゃ》のように思えた。

「一束」

圭輔は、ふだんと変わらない笑顔で手を上げて近づいてきた。

「待った？　ごめんな、ミーティングがちょっと長引いちゃって」

「圭輔が私語してて怒られたからでしょ」

大人っぽい、いかにも上級生然とした女の子がくすくす笑いながら言った。

「亜美《あみ》、余計なこと言うな」

ああ、そうか。うすうすは予想していたけれど。並び立った時の、自然に寄り添う雰囲気。口を挟む時の慣れ切った甘え。

これが、「あみ先輩」。

もうひとりは初々しい見た目だから一年だろうか、まったく見覚えがなかった。一束のぼんやりした眼差しに会うと、すぐに圭輔の後ろに隠れてしまう。

「一束」

中腰のまま返事もしない一束に、圭輔が気遣わしげに声をかける。

「ごめんな、突然で。こいつ、うちの後輩で沢田《さわだ》って言うんだけど、一束としゃべってみたかったんだって――ほら、自己紹介しろって」

沢田理沙《りさ》です、とはにかみながら頭を下げる。

「まあ、ついでって言ったら何だけど、いい機会かなって。こっちは、俺の彼女」

「谷口《たにぐち》亜美です。初めまして」

亜美のほうは対照的に、余裕たっぷりの会釈をしてみせた。

「ごめんね鳥羽くん、突然で。理沙がどうしてもふたりきりじゃ緊張するって言うから」

「亜美先輩、やめて下さいよー」

何でこんな、知らない女の子と引き合わされてるんだろう。何でこの人に名前を呼ばれて、謝られてるんだろう。わけが分からなかった。何か言わなきゃいけないような気がする。でも言葉が出てこない。いつもこうだ。日本にいると。

圭輔といるといつも。

「一束、座れよ。まだ何も頼んでないんだろ?」

隣に入ってきた圭輔が、一束の手首をつかんで促した。でもその力はやけに遠慮がちで弱々しく、この人は、と思った。

後ろめたいんだ。

事後報告で気が引ける、というだけではなく、何らかのやましさを抱えている。そのことが、胸の内にくすぶる怒りに完全に火を付けた。

人数分のメニュー（正規の物に加えて季節のフェアだとかお得なランチとか、どうしてこうたくさんあるのか）が手渡され、全く目に入ってこないそれをべらべらっと最後までめくると、両手で閉じてテーブルの上に置いた。決めた。

「一束？　決まった？」

「帰ります」

「え？」

立ち上がると、圭輔の表情には驚きの中に「やっぱり」みたいなニュアンスが読み取れた。そうだ、一束の反発を圭輔は予想していた。なのに連れてきた。そんなにこの子とくっつけたい？　彼女もいないからひとりで旧校舎に入り浸ってると思われた？　かわいそうだって？

許せなかった。

「どいて下さい」

案外しっかりした声が出たことに自分で安心した。圭輔に動く気配がないので無理やり脚をまたぎ越して通路に出ると、早足で出入り口に向かう。

「一束」

傘立てから自分のものを見つけるのに手間取っているうちに圭輔が追いついてきた。無視して濡れた傘の間をかき分けるようにして探し当てると、引っつかんで外に出た。短い階段を下りたところで再び手をつかまれる。

ただし今度はしっかりと強く。

「一束、待って」

名前を呼ばれるたび、酸みたいに胸をぶすぶす灼く感情の正体は何なのだろう。これが「むかつく」ということだろうか。いや違う。きっとそんなものじゃ済まない。

「……ごめん」

アスファルトに突き立てるように置いた傘の先端が水たまりをちいさくはねさせた。波紋が広がる。

「何で謝るんですか」

「……だましたみたいになって」

だましたみたい。でもだましたわけじゃない。その通りだ。圭輔は「ふたりで」なんて一度も言わなかった。一束が勝手にそう思い込んだだけで。

「別にいいです」

冷えびえとした声で答えた。

「先輩の好きにしたらいい。でも俺は別にあの子と話したいことなんてないから、俺も好きにする」

放して下さい、と手を揺すると、圭輔は「いやだ」とますます強く握り締める。

「このまま帰せない。お前とこんなふうになっちゃうのはいやだ」

そんなことを言うぐらいなら、どうして。そう思ったら、水があふれ出るように我慢できなくなった。

「有冇攪錯呀《ヤウモウガーウツォーア》？（ふざけんな）」

広東語が口をついて出る。

「點解《ディムガーイ》，你粒聲唔出就帶咗個女仔嚟呀《ネイラップセンムチョッジャウダーイジョーゴノイジャイレイア》？我唔理佢㗎《ンゴームレイコイガー》。簡直唔知你喺度諗緊乜《ガーンジェッムジーネイハイドウナムガンマッ》（どうして、何の断りもなく女の子なんか連れて来たんだ。あんな子知らないよ。あんたが何を考えてるのかさっぱり分からない）」

まくし立てると一気に舌が軽くなるのが分かった。懐かしい言葉。やっとうまく息ができる、そんな感じ。

「你嘅樣做《ネイガムヨンジョウ》，好卑鄙㗎《ホウペイペイガー》。真係激死我《ジャンハイゲッセインゴー》（あんたのやり方は卑怯《ひきょう》だ。腹が立つ）」

いきなり弾丸のように放たれた外国語を圭輔はもちろん理解できるはずもなく、呆然《ぼうぜん》と一束を見ていた。ただ、責められていることは察しがつくらしい。その髪に、肩に、悄然《しょうぜん》と雨が降りかかる。どんな時だって水が似合う、とヒートアップする頭の後ろの方で冷静に思っていた。

「其實《ケイサッ》，嗰時我好開心㗎《ゴーシンゴーホウホーイサム》（……嬉しかったのに）」

その言葉だけ、はっきり伝わった気がした。圭輔がはっと身じろいだから。でもすぐに思い込みだ、と打ち消した。都合のいい願望だ。圭輔が自分のことを何もかも分かってくれて

いるように感じたのも、全部。

いつの間にか手首を戒める力がゆるんでいるのに気づき、思いきり振りほどくと駅の方へ駆け出した。体育会系に追走されたらすぐにアウトだけれど、その心配がないのを一束は知っていた。

「圭輔」という心配そうな声を背中で聞いたから。ぶかぶかのパーカーが、湿った風を飲み込んで気持ち悪かった。ぬるま湯の中をもがくようだった。


案の定、誰に邪魔されることなく電車に乗り、家に帰った。

「おかえり。どこ行ってたの、早かったわね」

掃除機をかけていた母親が、息子の風体を見て手を止める。

「何やってるの、何で傘持ってて濡れて帰ってくるのよ」

「ああ……忘れてた」

帰宅するまで、とうとう差さずじまいだった。

「忘れたって……」

「だってそうなんだよ」

大丈夫だから、と乱暴に言い残して部屋に引き上げた。じっとりしたパーカーを脱いで姿見の前に立つ。大嫌いな自分の身体が映っている。見たくない。あてどのない怒りと情けなさ、それから悔しさが一瞬で沸騰し、服を鏡に投げつけた。

自分の憤りは不当で身勝手だろうか。あのまま、和やかに食事して、かわいらしいカップル未満の空気を醸しながら一緒に圭輔の家に行き、仔犬とじゃれればよかったのか。それで圭輔は満足したのか。沢田とかいう女の子に何の非もないのは承知だ。亜美にも。でも、あそこで我慢して穏便にやり過ごす道を選んでいたら、きっと一束は圭輔を憎んでしまっただろう。それだけはいやだった。

週明けから旧校舎には行かなくなった。授業を（かたちばかりは）まじめに受け、初めてちゃんと体育を見学した。意外と面白かった。昼は教室で食べ、移動の際には慎重に三年のいるエリアを避けた。圭輔が来ているのかどうかも分からない。話し相手と隠れ家を同時に失ってしまった落胆はあまり感じなかった。ぼんやりと、わざと焦点を外すようにして心を殺し、ただ淡々と日々を過ごした。

圭輔の名前を聞いたのは、期末テストに突入しようかという頃だった。休み時間はいつもウォークマンを聴いて周りの音を遮断していたのだけれど、曲と曲の途切れ目に、耳に飛び込んできた。すぐ前の席で交わされた会話。

「弓削先輩、別れたみたい」

思わず停止ボタンを押す。聞こえていないふりをしていたが、ほんとうはイヤホンをむしり取ってしまいたかった。

「まじで、何で？」

「さー。ふたりとも、最近登下校別々らしいんだよね。でも誰とも付き合ってないっぽいから、好きな人できた系じゃないと思う」

「けんかかな？」

「価値観のズレ？　生き方の違い？」

「何それ。まあとにかくチャンスじゃん。今のうちいっとけば」

「でも、別れてすぐって、何か超必死！　って感じしない？　タイミング見計らってんのこえーとか思われそ」

「そんなこと言ってたらすぐ誰かに取られるって」

「そうなんだよねー。さっそく狙《ねら》ってる女いるらしいし。ほら、三組の女《じょ》バスの……」

仮想敵のうわさ話に移行してしまったので、それ以上のことは分からなかった。しょせんは第三者の推測だから、確かな話でもない。圭輔と亜美がほんとうに別れたのか。「最近」

とは一体どのくらいの期間を指すのか。別れたとして、それはあの土曜日の一件と関係があるのか。亜美に直接的な無礼を働いた覚えはないし、影響を及ぼしたとは考えにくいのだけれど。あんなに仲がよさそうだったのに。

関係ない、俺にできることなんか何もないんだし、と関心を押さえつけて無理やり自分を納得させようとしたが、授業中、通学電車で、風呂の中で、ふっとすき間ができると圭輔の顔が滑り込んでくるのだった。その都度、答えなんか出ないことを確かめるためのような、同じ思考をくり返す。ほんとに？　どうして？　いつから？

今確実に分かるのは、自分がやっぱり圭輔のことを分かっていない、ということだった。

同じ構造で同じ中身で、同じ年の男女が同じかっこうでたむろしている。傍目《はため》には見分けもつかないだろう空間なのに、「よそのクラス」というのは異国に足を踏み入れるような緊張を催させる。

「沢田さんいますか」

なるべく温厚そうな男子生徒に小声で尋ねると、後ろの隅っこで固まっておしゃべりしていた当人を「おい、沢田ぁ」と呼んできてくれた。

廊下に出てきた理沙は、あからさまに迷惑そうだった。初対面の時のはにかんだようすとは別人だ。まあ、これはあんな対応をした一束が悪い。半ば以上は、一顧だにされなかった自分のプライドを守るための虚勢だろうと思うと、今さら罪悪感がよぎったが、用件は別のところにある。

「あの」

高圧的に取られないように、でも変におもねる声音《こわね》にもならないように注意しながら一束は尋ねた。

「弓削先輩が、彼女と別れたって聞いたんだけど」

「はあ」

それが何？　と言いたげな表情だった。

「何か聞いてないかなと思って。理由とか……」

「はっきりとは分かんないです。先輩だから聞けないし。……あの日は、亜美先輩が弓削先輩追っかけてって、戻ってきたらふたりともあんましゃべんなくなってて、ごはん食べてすぐ解散しました。その後のことは知らないです」

よそよそしい敬語で答えながらちらちら不審そうにこっちを窺う。むしろこっちが何か知ってるんじゃないかと思われているわけか。

「……分かった。ありがとう。ごめん、いきなり変なこと訊いて」

　あの日のことも謝罪しておくべきかと一瞬迷ったが、今さら蒸し返されるほうがいやがりそうな気がしてやめた。じゃあ、とそそくさ立ち去ろうとすると理沙が「待って」と呼び止めた。

「なに？」

　ふくれたような顔で、一束のほうは見ずにしきりと爪をいじりながら「言わないでね」と言う。

「……何を？」

「だから……私が、鳥羽くんのこと好きだったとかそういうの……別に、全然軽い気持ちだったし、弓削先輩から誘ってくれたからついて行っただけだし。うわさとかになったら困るんで」

　言うわけないだろ、という言葉が喉《のど》まで出かかったが、ぐっとこらえて「分かった」とだけ答えた。

　冗談じゃない、と思った。同時にふしぎだった。口の軽そうな、信用できない相手だと思っているのなら、どうして一束に近づこうとしたのか。ろくに内面を知りもせず、好意など抱くのか。分からない。でも、圭輔について願ったように、彼女について分かりたいとはすこしも思わなかった。

それからまた、数日悩んだ。真実は不明のままだが、自分なりに動いてみた、そのこと自体に納得して気持ちの整理がつくかと思えばそうでもない。残された選択肢は「当事者に疑問をぶつける」だが、亜美と話すのは考えられないから、事実上道はひとつだ。

何がいやって、一体どうしたいのか答えが出ないことだった。

圭輔と亜美が、自分のせいで仲違《なかたが》いしてしまったとして、一東が間に入って恋人同士を修復させれば満足なのか。もう一度圭輔と元通り話せるようになりたいのか。なりたくないのか。何より見えないのは自分の心だった。

よそのクラス、が異国なら、よその学年はもう異星だ。一東は同年代の平均より縦にも横にも小さいので、上級生ばかりの空間では歴然と浮いてしまう。男の一群は見るからにむさ苦しく、笑い声も一年の教室で響いているのよりずっと低い。まさしく宇宙人の趣《おもむき》。たった二年の差でこうも変わってくるのかと、そういえば自分の両親が二歳差だったのを思い出したが、一見しただけではどっちが年上かなんて当然分からない。

この違いは子ども時代限定なのだ。とても奇妙でこっけいで、そして不自由なことに思えた。

自分と圭輔がもし同い年だったら、どうなっていただろう？

七組の、前方の入り口からおそるおそる顔を覗かせ、昼休みの寛《くつろ》いだムードの教室を窺う。まだ弁当を食べてるの、宿題をしてるの、マンガを読んでるの――どの集団にも圭輔は見当たらなかった。トイレ？　学食？　そういえばちょいちょい昼練してるって聞いたことある。なら昼休みに来ても無駄足だということか。授業の合間の十分休憩だと教室移動ですれ違ってしまう可能性もあるから今まで待ったのだけれど。

勇気が要《い》っただけに落胆し、思わずため息をつくと、黒板の前の席にいた女子生徒が「何か用事？」と親切にやってきた。

「誰？　呼ぶよ？」

「あ、いえ、大丈夫です」

慌てて廊下に方向転換しようとしたらちょうど後ろからきた人間とぶつかる。まったくついてない。

「すいません――」

顔を上げると、圭輔だった。驚いて口を閉じられなくなる。

「一束」

久しぶりの声だった。音というよりは振動で、一束の全身をごくちいさく波立たせ、それから動けなくした。

購買にでも行って来たのか、パックジュースを片手に持っていた。圭輔の手に握られているとやけにちいさく見える。

「何だ、弓削のこと捜してたの？」

とさっきの彼女が言う。

「ちゃんといてやんなよ弓削、ずっときょろきょろしてかわいそうだったよー」

「うっせーな、分かってるよ」

「いえ、約束してたわけじゃないんで……」

顔が、赤くなってやしないかと、気が気じゃなかった。悪気がないとはいえ、心許ない挙動を圭輔の前で暴露されるなんて。

「一束、放課後空いてる？」

「え？」

あそこで、と圭輔は唇の動きだけで伝えた。

「でも、先輩、部活は」

「あしたから期末じゃん。ないよ」

「あ、そうか」

私事で頭がいっぱいで、ごく基本的な学生としてのスケジュールも失念していた。

「お前、大丈夫かよ」

圭輔がちょっと笑った。ぎくしゃくする前と、何ひとつ変わらない笑顔だった。認識するより先に嬉しさが胸の中でいっぱいに膨らんで弾《はじ》けた。

「赤点とか取んなよ」

「取りませんよ」

「お、言ったな。赤点取ったら何かおごれよ」

「そこは普通、赤点取らなかったら何かおごってやるって言うんじゃないですか」

「あー、そっか」

予鈴が鳴った。

「じゃあ、またな」

「はい」

自分の教室に帰る足取りは軽かった。一方的に怒って避けたのに、圭輔が何の拘泥《こうでい》もなく接してくれたことに安堵して、現金なもので、亜美とのことは半分ぐらい頭から飛び去っていた。

きっと元通りに戻れる、少なくとも自分と圭輔は。それが、それこそが一束の望むことなのだ。

圭輔も。

うっすら一面を覆うくもり空に、西へ傾きかけた太陽の光が透けて、明るいような暗いような、妙な天気だった。明かりを点《つ》けるべきか迷う、ぐらいの。もっともここには電気が通っていない。

ばたばたと、いつになく派手な足音が近づいてきたが、圭輔だと分かっているから身構えたりはしなかった。むしろ息せき切ってくる顔を想像して楽しくなったぐらいだ。

「ごめん、掃除当番で――」

無人の教室に入ってきた圭輔は、一束を見て「何で笑ってんの」と呼吸を整えながらふしぎそうに尋ねた。

「いえ、別に」

「お前、まだそんなかっこで暑くないの？　きょう三〇度超えてんぞ」

言うが早いかかばんから下敷きを取り出し、ぴよんぴよんとシャツの中に風を送る。ペットボトルのお茶を取り出してごくごく飲む。一束は圭輔の汗が引くまでじっと待っていた。いるだけで周りの空気が動いて、ここにいる、と目に見えないかたちでも一束に伝わる。その存在の丸ごとが久しぶりで、濃密で、吸いきれない酸素を供給されたようにくらくらとしてしまいそうだった。

容器を空にして口元を拭《ぬぐ》うと、何となく居ずまいを正し、圭輔は一束に向かっておもむろに頭を下げた。

「こないだは、ごめん。全面的に俺が悪かった。ごめんなさい」

何でいつもこの人、こんな率直に謝れるんだろうか。こっちが逆に困ってしまう。

「や、そんなに謝らなくても……」

「俺、調子に乗っちゃって」

「え？」

顔を上げた圭輔は、一束が今まで見たことのない顔をしていた。含羞《がんしゅう》と、何かしらの決意が入り組んだような、複雑な。

「沢田がさ、一束の名前出した時、びっくりして。『クールっぽくて、仲よさげな子も見当たらない』って嘆いてて、ちょっといい気分になっちゃって」

「……どういうことですか」

「俺は仲いいもんね、みたいな」

一束の沈黙を、呆れと取ったか「ごめん」と繰り返す。

「いえ……」

ただただ驚いたのだ。昼間の、教室でのやり取りひとつ見たって、気安く話せる相手がいくらでもいるに違いない圭輔が、たかだか目立たない下級生のことでそんな子どもじみた優越感を抱くなんて。

「それで、俺知ってるけどってなって……沢田もさ、ちょっとプライド高いとこあるけど、一束は大人っぽいから、逆にいい相性で回ってくんじゃないかって勝手に思ってて。でもほんとに無神経だったよな。お前が怒るの無理ない」

「それはもう、いいんですけど」

「うん……亜美のことだろ？」

「はい」

「沢田から聞いてさ、一束んとこ行こうかなって思ったんだけど、教室行ったりして目立ったら、お前いやなのかなって……したら、一束のほうから来てくれて、きょうすげえ嬉しかった」

圭輔はこりこりと指先でこめかみをかいた。

「お前が責任感じてるんだとしたら、そんなこと全然ないから」

その言葉だけでは信じられなかった。

「だったら、どうして」

「んーと」

腕組みして天井を仰ぐ。

「お前のせいじゃないけど、気にしそうだから言いたくないな」

「言われないほうがもっと気になる」

「だな……俺だってそうだ」

大したことじゃないんだよ、と机にもたれながら圭輔は話した。

「あの日、お前が、広東語で俺に怒っただろ。亜美がそれ聞いてて、俺に言ったんだ。『何なのあの子、頭おかしいんじゃないの』って」

別に怒るにも傷つくにも値しなかった。いきなり得体の知れない言葉をまくし立てる現場に遭遇したら誰だってそう思うだろう。

「で、そんなこと言うなよって、あいつ帰国子女なんだよ、とっさに出ちゃうのは仕方ないだろって言ったら、あいつも沢田のことかわいがってたから後に引けない気持ちになったんだろうな、『外国語しゃべれますって自慢？　見下してるみたいで感じ悪い』ってむきになって……それで、何となく」

失礼と知りつつ「それだけで？」と言ってしまった。というか、その次第ならやっぱり一束が元凶じゃないか。

「違うんだ」

圭輔は強い口調で言い張った。

「それはあくまできっかけなんだ。俺は……人に対して軽々しく『頭がおかしい』なんて言う人間こそおかしいと思うし……あいつの、たとえば、一緒にデパート行って、混《こ》んだエレベーターに車椅子の人が乗ってこようとした時、いやな顔してたこととか、頭から離れなくなっちゃって。でも俺には優しくて、いいところもたくさんあって、かわいくて好きだから見ないようにしてたところが……。俺だって欠点はたくさんあるし、自分をいいやつだなんて思ってはないけど――でも、どうしても、駄目になっちゃった。それだけだよ」

圭輔が、とりわけ潔癖だとは思わない。大なり小なりはあれど、そういう理由で破局するカップルはいるんだろう。でもそのスイッチを押してしまったのはやっぱり自分にほかならないと、一束は思った。

なのに、申し訳なく感じる反面で、喜んでもいた。そんな女の人なら、はなから先輩にはふさわしくなかったと。内心で快哉《かいさい》を叫んだ、とすら言っていい。そして歓喜の瞬間がく然とする。

本当は、別れたと聞いた瞬間から心配じゃなく期待していたんじゃないのか。駄目になってしまえばいいと。

「……先輩」

「うん？」

「あの、土曜日、最後に、俺が何て言ったか分かりますか？」

圭輔は、思ってもみないというふうに目を瞬《しばたた》かせた。

「言っとくけど、広東語、全然分かんないよ俺」

「ですよね……変なこと言ってすみません。……テスト勉強しなくちゃいけないし、帰ります。わざわざありがとうございました」

圭輔の顔を、見ていられない気分だった。ほんとうに、元通りになれるのか？　なりたいのか？

目を伏せて、きびすを返すと、後ろから手首をつかまれた。三度目だ。

「……分かんないけど」

圭輔が言った。さっきまでとは声のトーンが全然違う。

「嬉しかった、楽しかった、でも裏切った、ばかやろう、みたいな……？　そんな感じ？

あ、でもそんなに長い言葉じゃなかったか」

何でこの人は、と唇を噛《か》み締めた。ちぎれそうなほど。

分かるんだろう。分かってしまうんだろう。そしてなぜ自分は、「恋人と別れる」という痛みを、この人に望んでしまうんだろう。あの激情の原動力をもう一束は知っている。

独占欲だ。

肘からねじるように圭輔の手をほどく。

「おい、無茶すんな、ひねるぞ」

「合ってる」

「へ？」

「合ってる……」

向き直って、圭輔の顔をまともに見たら急に涙が出てきた。

「おい、一束」

「ごめんなさい」

「ごめんなさいって、お前」

「ごめんなさい……俺……」

圭輔は明らかにうろたえていた。そりゃそうだろうとゆがむ視界でそれを確認して妙に冷静に考えていると。

「泣くな、一束」

親指の腹が濡れた頰《ほお》をごしごし拭う。仕草そのものは乱暴なのに、とても優しくされた気がして、ああやっぱり親指も大きい、と思いながら、眠りに落ちるような気持ちで目を閉じた。キスをされた。

まつげが触れるほど間近に圭輔の顔を見ても、現実のこととは信じられなかった。やわらかくふさがれた唇は何か熱いものでも塗り込められたようにじんじんしていた。もしくはとてもつめたいもの。

「せんぱい」

ぼやっと、間の抜けた声が出た。圭輔はにこりともせず「違うんだ」と言った。

「先輩」

「沢田と、亜美を呼んだのは、怖くて」

何が、と問うより前に抱きすくめられた。外気の蒸し暑さとは全く違う、肌を浸食するかと思うような生々しい体温に包まれる。興奮と不安をいっぺんに感じた。気取《けど》られないだろうか。服越しにならこんな時にもそんなことを考えてしまう自分がいやだった。軽くもがくと、それは逆の方向に圭輔を刺激したようでますますきつく閉じ込められる。

「土曜日、家に家族もいるはずだったんだけど、前日に『午後からみんな出かけるから犬よろしく』って言われて、怖くなった。自分ちでお前とふたりきりになったら俺はとんでもないことしちゃうんじゃないかって。沢田が一束の話したから、都合よくあいつを使ったのは俺だ。ほっとしながら、でも、もしほんとうにお前が沢田とうまくいったらどうしようとも思ってた。……おかしいだろ？　俺は、おかしい」

「先輩」

さっきからこれしか言ってないな、と思いながらでも、ほかに言葉が出てこなかった。

「最初は、ほんとに、そんなんじゃなかった。ただの、変わった面白い後輩ってだけだった。でも、ちょっとしたことで笑うのとか、恥ずかしがんのが、かわいいとか思って、ひとりでいるの平気なのかと思ったら案外色んなこと考え込んで怖がってて、そういうの、何とかしてやりたいなとか、もっと一緒にいたいなとか、亜美といてもお前のことばっか考えるようになって……」

熱っぽいささやきが、耳のすぐ上をくすぐる。どうしよう。目を閉じると心臓がむちゃくちゃに鳴っている。

「俺のこと知りたいって言ってくれて。絶対こいつそんな変な意味じゃない、ほんとに単純に俺のこと慕ってくれてるだけだって言い聞かせて、でもすげーかわいく見えて、どうしようもなくて犬の話ではぐらかして。なのに夢に出てきたし。ごめんな、すごい変な夢見ちゃって悪いって思っても、何度も、何度も」

何度も、何？　訊けない続きを、圭輔は口にしなかった。

「お前が、怒って」

大きく区切って、言った。

「広東語しゃべるとこ、初めて見て。めちゃくちゃびびったけど、お前すごいいきいきしてて、怒られてんのに俺ちょっと見とれちゃって。こっちがほんとの一束なんだと思った。やっぱ日本語は、我慢してしゃべってんだって。だからそれが見れたのは、すげえ嬉しかった」

すこし力をゆるめ、一束の両肩に手を置いて「つぶしそう」と苦笑した。その時だけいつもの圭輔に戻った。でもすぐに、猛《たけ》るような男の貌《かお》で一束を見た。一束は金縛りに陥ってしまう。

「……俺、今、馬鹿なことも恥ずかしいことも言ったけど、全部ほんとだから。嘘じゃないから。これが俺の、思ってることだから」

一束が、知りたかったこと。

「好きだ」

答えがいらないのか、聞くのが怖いのか、それともただ身体の欲求に抗《あらが》いがたいのか、とにかく圭輔は放り投げるような告白とともに二度目のキスをした。さっきよりずっと荒々しく、一束は、他人の性欲というものを初めて身近に感じた。

亜美先輩とも、こんなふうにした？　それとももっと優しく？　もっと激しく？

想像したらびっくりするほど亜美が憎くなった。圭輔のことは、憎たらしくなった。それは似ていて、とても違う。入ってくる舌に噛みついたら、怒ったように口内をまさぐられた。名状しがたい、しびれに似た脱力感が全身に回る。

さっと頭が冷えたのは、圭輔の手が肩から二の腕、そして腰に移動した時だ。

密着したまま、足の付け根まですっぽり覆うベストをたくし上げられ、シャツの裾《すそ》を引っ張られれば素肌に触れようという意図は明らかで、ズボンからシャツの端が出される瞬間、一束は渾身《こんしん》の力で圭輔の身体を突き飛ばした。

不意打ちと、とっさの馬鹿力で圭輔は大きくよろけ、机にぶつかって派手な音を立てた。幸い、転びはしなかった。

「……いやだ」

全身で大きく息をし、制服の胸の真ん中あたりを縋《すが》るようにつかんで一束は叫んだ。

「いやだ！　いやだ、いやだ……！」

「いつか」

「……いやだ」

圭輔の瞳から、みるみる輝きが失《う》せていくのを見た。それが自分のせいだとは、信じられない思いで。

「……ごめん」

圭輔は言った。そして乱れた机と椅子を黙って戻す。誰も、座る人間なんかいないのに。

「もう、ここには来ないよ。……ごめんな、一束」

一束は立ち尽くしたまま、出ていく後ろ姿を、目で追うことしかできなかった。


「……ちがう」

どれくらい経《た》ったのか、うめくように一言、発したのはとっくに圭輔の足音も気配も消え、校舎が静まり返ってからだ。

あまりに寒々と響いた自らの呟きに耐えかね、一束は旧校舎から逃げ出した。脇目も振らず走り、電車に飛び乗り、家を目指した。ほかに行くところなんてないから。隔離されてひとりになれる場所は、自分の部屋の、ベッドの中だけだった。

リビングを経るルールを無視してタオルケットの中でうずくまると、声を殺して泣いた。どうしよう。間違えた。

先輩。俺も好きです。きっと俺の方が先に好きでした。ちっとも大人っぽくなんかなくて、馬鹿で幼くて、分からなかったんです。あの時、どうしてそう言えなかったんだろう。

両腕で自分の胴体を抱きしめる。そのまま輪郭をなぞるように指先を移動させれば、いびつさはすぐに分かって死にたくなった。

そうだ死にたい。この身体を圭輔に触られたり見られたりするぐらいなら。だって好きだから。耐えられない。

ひどいやり方で傷つけてしまった。圭輔は全部教えてくれたのに。好きだと言ってくれたのに。でも。迷子になった心は次から次へと涙になってあふれる。しゃくりあげて、むせて、生ぬるい頬がむず痒《がゆ》くて。自分の愚かさを、不器用さを、自分そのものを、呪《のろ》った。泣き疲れていつの間にか眠り、母親に扉の外から起こされた時、部屋は真っ暗だった。

「一束、ごはん食べないの？」

いい、とかろうじて不審がられない程度の声は出た。

「テレビ見なくていいの？」

「どうして」

何言ってるの、と母は呆れ半分、心配半分に言う。

「香港の返還式典、今ちょうどやってるのよ」

返還。その言葉にベッドの上で上体を起こした。そうだきょうは六月三十日。七月一日の午前零時をもって、香港は英国領から中国領へと「回帰」する。少なからぬ関心事だったはずなのに、圭輔のことでぱんぱんになって頭から追いやっていた。

「きょうぐらい、夜更かしして見ててもいいわよ」

しかし一束は「ううん」と言った。

「勉強しなきゃ。そのために昼寝してたんだから」

この、腫《は》れきっているだろう顔で両親の前に出る勇気はない。あれやこれやと詮索されるに違いない。

「……そう。無理しないようにね」

母は息子が香港から興味を失ったと解釈し拍子抜けしつつほっとしているようだった。

「お母さん」

「何？」

「……夏休みになったら手術受けたい」

戸惑いの伝わってくるような沈黙の後に「分かった」と返ってきた。

「お医者さんに相談しましょう、なるべくいい先生を紹介してもらえるように」

「うん」

ドアの内側に座り込んで、リビングから洩れ聞こえてくる音に耳を澄ませた。両親の会話と、マスコミのリポート。

「パッテン総督、久しぶりに見るわね」

「懐かしいな。何かまた太ったんじゃないか？」

――ご覧下さい、イギリス領香港最後の最高司令官、パッテン総督とチャールズ皇太子が軍艦に乗り込んでいます。いよいよこの香港を後にする瞬間が近づいてきました。

思い出す。林立する高層建築と、パラソルの下の街市。頭上に、目の前に迫る派手な看板、茶餐廳で飲んだ熱い奶茶《ミルクティー》。手のひらに握り締めた、天星小輪《スターフェリー》のトークンの感触。星光大道《スターロード》を歩きながら眺める香港島。ヴィクトリア・ピークからの、光をしぶいたような景色。地下鉄の、つるつる滑るステンレスのシート。

全部、一束が知っている香港をすべて、圭輔に見せたかった。

顎をそらして後頭部で扉にもたれる。最後の涙をこぼす。

一九九七年七月一日、午前一時（香港時間零時）、遠く離れた第二の故郷で上がった盛大な祝賀の花火を、ブラウン管越しに聞いていた。

待ち合わせた上環《ジョンワン》の茶餐廳は個人的に気に入りの店だったが、入ってきた友人がご不満なのは顔を見た瞬間分かった。

「何であなたの行きつけっていつも庶民的すぎるの？　せめて『蘭芳園《ランフォンユン》』にしてよ」

「安くておいしいよ」

「あまり衛生的とは言えないんじゃないの」

「君の彼氏が働いてる店だって似たようなもんだろ」

失礼ね、と美蘭《メイラン》はきれいに整えられた眉をつり上げる。

「ここよりは小ましだわ」

「小まし、なんて気の利いた日本語を使うね」

「この間読んだ本で覚えたの。私、今やあなたより日本語のボキャブラリーが豊富なんじゃない？」

「きっとそうだね」

「相変わらずやる気のない人！」

「君の優秀さに敬意を表しただけだよ」

実際美蘭は聡明だ。名門・香港大学の出身で日本への留学経験もあり、英語や普通話《プートンファ》（北《ペ》京《キン》語）のほかにフランス語も操る。「忘れたくないから、一緒にいる時はなるべく日本語で話したいの」という勤勉さに培われた頭脳を素直に尊敬している。

「あなたのそれは、人を馬鹿にしてるように見えることがある。トラブルの元よ」

「気をつける」

一度ならずされている注意を適当に受け流し、ウェイターを呼び止めた。魚片粥《ユーピンジョッ》（魚の切り身入り粥《かゆ》）と、美蘭のために西多士《サイトーシー》（フレンチトースト）、それから西洋菜蜜《サイヨンチョイマッ》（クレソン入りはちみつレモン）をオーダーする。

美蘭は新聞を大きく広げて忙《せわ》しなく目を走らせる。申し分なく美人なのに一度も恋愛対象として見たことがないのは、こういうざっくばらんすぎる仕草のせいだろう。もっとも彼女の方でも猫をかぶるべき時にはかぶっているだろうから、お互い様なのか。

「新しく来る人のこと、何か聞いてる？」

「いや。君は？」

「何も。男だってことと、佐伯《さえき》さんよりだいぶ若いってことだけ」

「まあ、女ってことはないだろうね」

「どうして？」

「女性の海外支局長なんて例がない」

「日本のマスコミってみんなそんなに封建的なの？」

「全部かどうかは知らないけど、少なくとも明光《めいこう》はそういうしきたりだと思う」

「ふうん」

くだらない、と思っているのが丸分かりの顔で頷いて「今度のボスはもうすこし喫煙に寛容だといいんだけど」と言った。

「仕方ないだろ、咳《せき》が出るって言うんだから」

「出るんじゃなくて『出そう』でしょ」

鋭く訂正が入る。

「ぜんそくの発作なんて長いこと出てないんでしょ。こんなごみごみした都会に三年もいるんだから気管支も鍛えられてるはずよ」

「いつ出るか分からないから怖いんだろ」

「友人より愛人を尊重するわけね」

裏切り者、と本気ではない口調で詰《なじ》られる。

「あなたはいいわよ、言われるままに禁煙しちゃって」

「禁煙しろとは言われてない。できれば側《そば》で吸わないでほしいと要望を受けただけで」

ふしぎなもので、高校時代からずっと習慣づいていたのに、煙草もライターも自然と持ち歩かなくなり、自分でも驚くほどあっさり縁が切れた。

「どうせ肩身が狭くなるばっかりなんだ、君もやめれば」

三年前に新たな禁煙政策が施行されてから、公共の建物やレストランに始まり、バーやナイトクラブも全面禁煙の憂き目にあうこととなった。しかも最高で一五〇〇HKD《ホンコンドル》の罰金がつく。

「そんな簡単に言うけどどね、」

頭も口も達者な美蘭が反論しかけたが、ちょうどいいタイミングで料理が運ばれてきてその話題は立ち消えになった。

勤め先のある中環《セントラル》までは地下鉄で一駅だが、美蘭が「腹ごなしに歩きましょうよ」と言うので従った。夏は過ぎても陽射しはまだまだ強い。手で庇《ひさし》をつくる。観光客や地元の人間を満載したトラムが後ろから、前からごとごとやってくる。

「佐伯さんは東京に戻るんですって？」

「らしいね」

「呆れた。他人行儀なんだから」

「他人だよ」

「よく言う……まあ、あなただってちょくちょく日本に帰るんだからどうせあっちで会うんでしょう？」

「会わないんじゃないかな」

「どうして？」

「そういうものだから、としかいいようがないな」

「現地妻」

またも変化球な日本語が飛び出してきて吹き出した。

「笑いごとじゃないでしょ」

「笑うだろ」

ほんとにもう、と美蘭は嘆息する。

「それが本音で、本当に縁が切れるならいいことだと思うけど」

「そう？」

「人間的には嫌いじゃないわ。上司としては申し分なかった。でも妻帯者じゃね」

おかしなもので、性別については全くといっていいほど突っ込まれたことがないのに（へたに藪《やぶ》をつつくのが怖いのかもしれないが）、一応の関係を持っている相手が既婚であるという一点において彼女は厳しい。

「その話はしたくない」

ストップをかける。胸が痛むというよりは堂々巡りで疲れる。

「……分かったわ」

非常にはっきりした性格ではあるが、明確にNOを示せば深入りしてこないところが好ましいと思う。だから素直に褒めた。

「君の賢さが好きだな」

「あんまり嬉しくない」

「そういう君はいつ別れるの？」

「ああ、言わないで、それ」

信号待ちの交差点で、耳をふさぐ仕草をする。腕を持ち上げた拍子に、バレンシアガの真新しいショルダーバッグが揺れた。また新作を買ったのだろう。たぶんこれひとつで、しがないウェイターをしている恋人の月給が吹っ飛ぶ。

「いつ言おういつ言おうって、ずっと考えてるんだから」

「君らしくない」

「嘘をつくのはつらいわ」

「好きなら別れなきゃいい」

「何よ、さっきの仕返しのつもりなの？」

「違うよ。単純にそう思うだけだ」

「両親がうるさいのよ。そろそろ結婚を考えろって。とてもじゃないけど紹介できないわ」

金融と商業の集積地、中環の一帯は外資系企業が多く、スーツ姿の欧米人もそこらじゅう闊歩《かっぽ》している。時々、アジアであることを失念しそうになるほどだ。美蘭の両親は、娘にこの手の階級の男と結婚してほしいに違いない。けど、と部外者なので楽観的なことも考える。

「君の家はもうじゅうぶんに金持ちだろう。ひとりぐらい財的生産能力の低い人間を迎え入れてもいいんじゃないのかな。子どもが産まれたら君が外で働いて彼が家事と育児をすればいいんだし」

「冗談じゃないわ」

半ば冗談ではあったが、案の定美蘭は一蹴《いっしゅう》した。

「今多少の蓄えがあったからって、それがこの先も安泰だなんて誰が分かるの？　それに男が仕事しないなんて」

「家事は立派な労働だよ」

「共働きでメイドを雇うほうがいいわ」

ここでは、公共の福祉やセーフティネットという概念はあまり浸透していない。努力した者が勝ち、勝った者が稼ぐ。自分の財布と家族をまず守る。数々の理不尽や不条理にさらされ、踏みしだかれながら生き延びてきた街の歴史がそうさせるのかもしれない。彼女にしてみれば、二十八にもなった男が親のことをかえりみず気ままに生きているさまはしごく無責任に映っているだろう。

中環の駅からほど近い、日本総領事館を望むオフィスビルの二十階が目的地だ。美蘭はエレベーターの中で今気づいたようにじろじろ全身を眺め「そんなかっこうでいいの？」と眉をひそめた。

「一応気を遣って襟付きを着てきたよ」

「ただのポロシャツでしょ。下はジーンズだし……新しい支局長と顔合わせするのに」

「正規スタッフの君と違って非常勤だからこのぐらいでいいと思って」

「またいびられるわよ」

「その時はその時」

美蘭が嘆息するのと同時にエレベーターが停まる。小規模なオフィスのぎっしり詰まった階層だから回廊式の廊下を取り巻くように白い扉がいくつも並んでいる。「明光新聞社香港支局」というプレートの取り付けられたドアを開け、異口同音に「おはようございます」と言う。

「おう」と窓を背にしたデスクに座る佐伯が答える。

「ふたり一緒か。ちょうどいい」

ブラインドは全開だった。日光のせいで、佐伯の横に立つ男の顔は最初よく判らなかった。

「紹介しとくよ。俺の後任の支局長だ」

細めた目を、次の瞬間見開いた。男の声に。

「……一束?」

一秒足らずで、心が時間を遡《さかのぼ》った。前触れのない加速で。立ちくらみがしそうになって、足下のカーペットを踏みしめる。かろうじて顔には出さなかったと思う。

「先輩」

「知り合いなの？」

美蘭《メイラン》がふたりを交互に見た。

一束《いつか》が口を開くより先に圭輔《けいすけ》が「同じ高校だったんです」と答える。低いけど明るい、よく通る声。かたちがないものも年月に磨かれるのだろうか、昔より深くてつやがある。

「顔見知りならちょうどいいや。弓削《ゆげ》、自己紹介」

「あ、はい。えーと」

佐伯《さえき》に促されると、狭い職場を見渡してから「弓削圭輔、三十一歳です」と言った。

「入社してから高松支局、大阪本社、その後は東京本社の社会部にいました。外報部はこの秋からです。香港は初めてで右も左も分かりませんが、よろしくお願いします」

圭輔が頭を下げている隙《すき》に、美蘭が口パクで「若すぎない？」と尋ねる。一束は黙って肩をすくめたが内心ではその通りだと思っていた。今いる佐伯と十歳以上の開きがある。

「佐伯さんには社会部時代お世話になってたんで、またご一緒できて嬉《うれ》しいです」

「一緒ったって引き継ぎするだけだぞ」

佐伯はすこし笑った。いつも、片頬《かたほお》だけ持ち上げる皮肉げにゆがんだ笑い方しかできない男だが、その中に秘められたニュアンスを一束はまあまあの精度で察することができる。佐伯は圭輔をそこそこ気に入っているようだった。

「じゃあ、こっちのスタッフな。美蘭」

「初めまして弓削さん。黄《ウォン》美蘭です」

「日本語がお上手ですね。日本人って言われても分からないぐらいだ」

何百回言われてきた褒め言葉はスルーして「よろしく」と右手を差し出す。圭輔はそれを如才なく握り返しながら「英語のお名前は？」と訊《き》く。

「香港の人はあるんですよね」

大抵の香港人が本来の「中文名」のほかに「英文名」を持っている。ＩＤカードにも記載されているが、親からもらう中文名と大きく違うのは中学生ぐらいになってから自分で決めるとか英語教師に命名されるとか、ありていに言うと適当なことだ。どちらを名乗るかは自由だし気に入らなければ変えてもいい。合理的かつフレキシブルな香港らしい仕組み。

「エマ」と美蘭は言った。

「でも、私は中文名のほうが好きだから美蘭で通してるの。『エマ』は英語圏の人と仕事する時だけ。どちらで呼んでくれても構わないけど」

「じゃあ俺も美蘭の方で」

「取材の通訳や翻訳なんかをやってもらってる。怒らせると怖いぞ、機嫌を損ねるなよ」

「やめてよ佐伯さん」

冗談半分、本気半分の忠告を美蘭が軽くにらむ。

「鳥羽《とば》は、紹介し合うまでもないんだよな？　こいつは美蘭の手が回らない時だけ要請して来てもらってる」

「え、毎日来てるんじゃないんですか」

「週に一、二回ってとこだな」

「ほかにスタッフの方は？」

「いない。基本的には美蘭だけだ」

「え、そういうもんなんですか？」

目を丸くする圭輔を見て美蘭がそっと「ほんとに何も知らないのね」と耳打ちした。

「あのな、東アジアだけでいくつ支局があると思ってる？　上海北京台北《シャンハイペキンタイペイ》ソウル……大所帯じゃやってらんねーだろ。テレビ局みたいにクルーが必要なわけでなし。プロのカメラマンが必要な時は鳥羽に言え。手配してくれる」

「はあ……」

釈然としない体《てい》で首を傾《かし》げ、しごく基本的な問いを口にする。

「支局長、て、何すりゃいいんですか？」

佐伯はにやっと笑って一束たちに親指を向ける。

「こいつらの勤務管理、給料計算、経費の精算、税金もあるだろ、あと、すぐ家賃上げるとか言ってきやがるからその交渉、あ、もちろん取材も行っていいぞ。二十本に一本ぐらいは使ってもらえるかもな」

「ええ？」

「支局長ってな、要するに零細企業の社長なの。今まで総務や経理や人事に丸投げしてたことを自分でやるわけ。今、うちの国際面に香港発の記事がどれだけ載ってるか考えてみろ。要するに平和なんだよ」

「……なるほど」

「またSARS（重症急性呼吸器症候群）でも流行《はや》りゃあ話は別だけどな」

「縁起でもないことを言わないで」

二〇〇三年、香港を襲ったSARS禍《か》を体験している美蘭がたしなめた。

「ま、おいおい教える。面倒だが難しくはねえよ。お前の場合、事前に語学学校通う暇もなかったって話だから、当分はこっちでレッスン受けて、年内には日常会話ぐらいこなせるようになってもらわないとな——鳥羽」

「はい」

「久しぶりに会ったんだろ？　このへん案内しがてら、旧交を温めてきたらどうだ」

正直、ありがたい申し出じゃなかったが「はい」と頷《うなず》いた。

「あと、しばらく住むところも用意してやってくれ。俺が出て行くまで、こいつの家がないからな」

「……もう一部屋あるはずでしょう」

会社の方で、支局員用に押さえているマンションが。

「あっちは家族持ち用だ。若造に３ＬＤＫのぜいたくなんかまかりならんとよ、本社が」

「……分かりました」

便利屋めいた仕事まで、さまざまに一束は引き受ける。さほど難易度の高い依頼ではないが個人的なわだかまりが気を重くさせる。圭輔はどう思っているのだろう。ちらりと顔を見やると目が合ったが、取り立てて気まずい顔も嬉しい顔もしていなかった。

「外に行きましょうか――……先輩」

今度は「弓削さん」と呼ぶつもりだったのに、また言ってしまった。そしてこの言葉自体、圭輔と接触しなくなってから使わなくなっていたと気づく。人と別れることは、相手にまつわる何かしらにもさよならをすることなのだろう。言葉、香り、音、目に見えない様々な世界と。

「うん」

圭輔はすんなりと応じた。佐伯と美蘭に「いい年して」と笑われるわけでもなかったのでまあいいか、と思う。久々に発した単語は、人間と会った時の戸惑いそのままに口の中で卸しきれない感じがして、無意識に前歯で舌の表面をこすっていた。

中環駅をまたいで、大型の商業ビル、ランドマークを横目に南西の威霊頓街《ウェリントンストリート》へ向かう。何を話したものかと思案していると、後ろをきょろきょろしながらついて歩く圭輔が「なあ」と声をかけてきた。

「はい」

立ち止まって振り返ると、背広を脱いで後ろ手に引っかけながら「俺、ずっとこの服装で出勤しなきゃいけないと思う?」と言う。

「しばらくはさ、色々あいさつに回んなきゃいけないし、しょうがないんだろうけど。十月でこれなら真夏とかどうなんの? って思って」

そうか、暑がりだったな。つい「まだ裸族ですか」と確かめた。

「さすがに卒業した」

圭輔が満面で笑って、そのみじんの憂《うれ》いもなさそうな底抜けの明るさはあっという間に十三年前を帳消しにするかと思うほど、昔と変わっていなかった。一束は懐かしい気持ちで眺め、自分の心を斟酌《しんしゃく》する。大丈夫だ。ただ単純な感慨しか生まれない。切なくも哀《かな》しくもなっていない。

「最近じゃ日本の夏の方が不快な気もしますけど」

「そうだな。今年は特にひどかった」

やっと秋がきたと思えば南への移動とは、同情する。

「ふだんはノーネクタイでも構わないと思いますよ。佐伯さんの前任の方はそうでしたから」

「まじで？　佐伯さんて日本でもそうだったけど、いっつもぴしーっとしてるからさ。俺、あの人がネクタイゆるめるの見たことないよ」

「あれがあの人のスタイルってだけの話だと思いますよ」

別にきっちりしようと努めているわけではなく、それが「好き」なだけだ。規範や規律と程遠い性格を一束はよく知っている。

目的の店の前に来ると、圭輔は看板を見上げて「何て読む？」と尋ねた。

「翠華茶廳《チョイワッツァーテン》。茶餐廳《チャーツァンテン》、喫茶店とファミレスを足したようなものだと思ってくれればいいんですが、それのチェーン店です。ここの店舗は朝四時半まで開いてるので便利ですよ」

テーブルいっぱいに敷かれたメニューにきょろきょろと目を走らせながら圭輔は「あれが飲みたい、あれ」としきりに言う。

「何か、コーヒーと紅茶混ぜたやつあるって」

「ああ、鴛鴦茶《インヨンチャ》ですね。冷たいのでいいですか？　……唔該《ンーゴイ》！」

店員を呼び止めて注文を済ませると「今何て言った？」と訊かれる。この調子じゃ早々に美蘭が怒り出しそうだ。

「唔該は『すいません』とか『ありがとう』の意味です、これひとつ覚えとくと何かと使えます」

というか、観光客じゃないんだから覚えてもらわないと困る。

「うん。ごめん、先に謝っとくけど俺、全然予備知識ない。辞令もらったの二週間前で、そんとき追っかけてる事件もヤマ場なのに荷造りとか手続きとかで寝る間もなくて。飛行機の中でガイドブックぐらい読もうと思ってたんだけど、気づいたら爆睡してて」

マスコミの忙しさについては分かっているから言い訳だとは思わない。しかしそれよりもこらえきれず声を殺して笑うとふしぎそうな顔をされた。

「何だよ」

「いや……先輩って、昔から『〜で』とか『〜して』でどんどん言葉接《つ》いでいくでしょう。そういうところ、変わらないんだなあって」

途端にばつ悪そうに「あー」と頬づえをついた。

「やっぱり？　子どもっぽいからやめろって言われるんだけど直らないんだよ」

「僕は別に、子どもっぽいとは思いませんけど」

運ばれてきた鴛鴦茶を見て「ミルクティーみたいな色なんだな」と言う。

「エバミルクが入ってますから。……どうですか？」

一口飲むと遠慮がちにコメントした。

「コーヒーと紅茶と牛乳とたっぷりの砂糖、を混ぜた味」

「そのまんまですね。こっちじゃ檸琲《リンフェ》っていう、レモン入りのコーヒーもメジャーですけど、試してみますか？」

「……お前のには入ってないじゃん」

一束の注文は「斎珈琲《ツァイガーフェイ》」、つまり何も入っていないコーヒーだ。

「察してください」

「じゃあ俺だって飲まないよ！」

顔を見合わせてふたりでひとしきり笑った。

「一束は、もうずっとこっちに住んでるのか？」

「日本と行ったり来たりですね」

高校を卒業してから語学留学の名目で香港に舞い戻り、改めて広東語《カントン》を学び直しついでに普通話《プートンファ》も習った。その時知り合った、マスコミ向けのコーディネーターのアシスタントを何となくする流れになり、彼が「友達からもうけ話に誘われた」とあっさりアメリカに渡るにあたって一束がそれらの業務を引き継いだ。

「その人、今どうしてんの？」

「さあ。半年ぐらい前にエアメールが来ましたけど。元気なんじゃないでしょうか。香港人はフットワーク軽いですから」

日本のマスコミ相手に、取材場所やホテルや送迎の手配をし、時には通訳や観光ガイドも兼ねる。日本では、香港や中国の会社に同じ仕事を。両方の「地元」に片足ずつ突っ込んだ生活はそれなりに忙しくそれなりに楽しい。

「大変そうだな」

「気楽ですよ。ひとりでやれるし」

女の子のいる店にもお連れできますよ、と言うと圭輔はびっくりしていた。

「こっちじゃフィリピンパブが多いんで、フィリピーナがお嫌いじゃなければ」

「そんなことまですんの？」

「顧客のニーズにお応えしようとするとそうなるんですが」

「何かお前、変わったな。淡々としてるとこは一緒なんだけど……」

「変わらないほうが不気味だ」

一束は切り返した。

「十三年も経《た》ってるんですよ」

幼い憧れや、恋心や、情熱の処し方も分からずにうろたえていたあの頃とは違う。戻れないし、戻りたくない。コーヒーを含んで一拍置くと「いつ着いたんですか？」と話題を換えた。

「きのうの夜。空港って、新しくなってんだな。昔一束が言ってたみたいに、街のど真ん中じゃなかった」

啓徳《カイタック》空港は九八年に閉鎖され、今は海を埋め立てた赤鱲角《チェプラクコク》国際空港が香港の玄関口だ。

「ホテルまでバス乗って、最初はすげーのどかな感じでちょっと拍子抜けしたんだけど、青《チェン》馬《マー》大橋だっけ？　でかい橋渡って、トンネルくぐったらいきなり高層マンションでさ、うっすい板チョコみたいなのがいっぱい建っててすげー、これが香港か、これが一束の言ってた街か、って興奮してたんだけど、まさか本人に会うなんてな。……虫の知らせだったのかな？」

「その使い方はすこし違うんじゃないでしょうか」

「あれ、そう？」

「……一応お伺いしますが、新聞記者ですよね？」

しかも、その年で支局をひとつ任されるほどの。佐伯はああ言ったが、香港が世界の主要都市であることは間違いない。

「うなぎのぼりも知らなかった一束に、日本語を正される日が来るなんて」

圭輔は大げさに頭を抱えてみせた。

「またそんな昔の話を……ホテルはどちらに？」

「えーと、ランガムプレイス」

「旺角《モンコック》の？　尖沙咀《チムサーチョイ》にはランガムホテルがあるからややこしいんですが」

「でかいショッピングセンターとつながってるとこ。西武とか入ってる」

「じゃあランガムプレイスで間違いない」

住む所の件ですが、と切り出すと圭輔はすこし居住まいを正した。

「知り合いに不動産屋が何人かいるのですぐ探せます。どのへんがいいですか」

「どのへんていわれてもな」

「香港は大きく分けて三つのエリアがあります。北の、深圳《シンセン》と接する新界、それからホテルのある九龍《ガウロン》、今いる香港島。通勤のことを考えれば香港島でいいんじゃないかと思いますが。日本人の多い地区で探しますから。康怡花園《コーンヒル》なんか手頃ですよ。地下鉄の太古《タイクー》駅と直結ですし、ジャスコもある」

「一束は？」

「僕は尖沙咀です。九龍ですね。下町の方が好きなので」

「そこからこっちに来んのって大変？」

「いえ。地下鉄で一本ですし、フェリーもありますから」

そもそも狭い街だ、どこへ行くにせよ遠くて難儀するということはあまりない。

「じゃあ俺もそこにする」

主輔は宣言した。

「は？」

「俺も尖沙咀がいい。一束の近所とか、部屋ないの？」

「隣は最近空きましたけど」

つい馬鹿正直に答えてから「駄目ですよ」と慌てて止める。

「何で」

「古い、狭い、割に家賃は高い。東京の相場と比べても割高です。尖沙咀は繁華街なので。

そしてうるさくて治安もよろしくない、もっとちゃんとしたところを用意しますから」

「初心者には無理だって言いたいんだな？」

「そういうことです」

「でももう決めた。一束の隣」

「勘弁して下さい。妙なところをあてがったら僕が佐伯さんに叱られる」

「あの人がそんなことで怒るわけないじゃん。言っちゃ何だけどかなりいい加減だぞ」

「それは知ってますけど」

「昔、インドで『交通手段がなかったから象を買った。領収書はない』で経費請求したって伝説は？」

そっちは初耳だ。

「むしろ知り合いが近くにいる方が安心だろ」

絶対迷惑はかけないから、と頼み込まれて、しぶしぶ承諾せざるを得なかった。まあ、実際物件を見ればころりと気が変わるかもしれないし。支局へと引き返す道みち、皇后大道中《クイーンズロードセントラル》に並ぶ有名ブランドの路面店を見て圭輔は「銀座以上だな」と呟《つぶや》いた。ランドマークの向かいにはDFSギャレリアもある。

「日本から彼女、呼んであげたら喜ぶんじゃないですか」

一東はさりげなく言った。

「七月と十二月がお勧めですよ。セール月だから、日本で買うよりずっと安く手に入るものもある」

「十二月……ぐらいならまあちょっとは落ち着いてんのかな」

ほぐすように首を回して「今は自分のことでいっぱいいっぱいだから」。

いない、とは言わなかった。圭輔の話し方を子どもっぽいと評したというのもあるいはその恋人なのかもしれない。声を、言葉を、一音たりとも取りこぼしたくなくて、じっと聞き入っているうちに気づいたのかもしれない。かつての自分がそうであったように。

店の冷房ですこし身体が冷えすぎたので、遠回りして隣駅の金鐘《アドミラルティ》とのちょうど中間にある遮打花園《チャーターガーデン》に寄った。人工の川が流れ、やしの木が繁る、オアシスを模した公園だ。

「オフィス街のど真ん中にちゃんとこういう場所があるのはいいな」

「そうですね。香港パークも動植物公園も近いし、三駅先の銅鑼灣《コーズウェイベイ》には有名な維多利亞《ヴィクトリア》公園《パーク》があります。イギリスの植民地だったせいでしょう」

植物といえば。徳輔道中《デヴォーロードセントラル》を挟んで向かい側にある、ひときわのっぽのビルを指差す。三角形を積み上げたような意匠で、カッターナイフの刃みたいに上の部分が尖《とが》っているのが特徴の。

「あれが中銀大廈《バンクオブチャイナタワー》、中国銀行のビルです。その右に長江集團中心《チョンコンセンター》。分かりますか？」

「あの、直方体の？」

「そう」

一口に高層ビル街といっても、でこぼこしたデザインのもの、時計塔めいたクラシカルなもの、一面に金ぴかのガラスがあつらえられたもの、近未来から前衛まで、多種多様な個性を主張する建物がひしめいている。不調和が生む調和、こそが香港の都市風景なのだろう。たとえばコーヒーと紅茶を混ぜてしまうのと同じに。

四年離れただけで驚くほど様変わりしていたこの街は、まだまだ変化を遂げる。一束はそれを寂しいとは思わない。それこそが香港だし、香港はそうでなくてはならない。現に香港島の湾岸では今も大規模な工事が行われている。その移り変わりをこれから圭輔も見るのだと思うと改めて奇縁だと実感せずにいられない。

「隣に比べりゃ全然普通だな。丸の内にあってもおかしくない」

長江ビルを圭輔はそう評した。確かに自己主張の強すぎるようなご近所に囲まれて、必要以上に地味に映る。

「夜はライトアップされてきれいですよ。香港有数の大金持ち、李嘉誠《リーガーセン》の持ち物です」

「そういや、長江グループって聞いたことあるな」

「どうやって財を成したかは？」

「いや」

「プラスチックの造花です」

一九五〇年代から大量に生産され、日本にも輸入された「塑膠花《ソウガウファ》」。今より花は高く、庶民は貧しかった。ならば枯れない、人造の花を安く作って売ればいい。その発想は大当たりし、彼が大富豪へとのし上がる土台になった。

「『ホンコンフラワー』といえばプラスチックの造花の代名詞です。すぐに枯れる生花に金を遣うのはばかばかしい、野の花を摘むような場所もない。香港らしい発想に思えて僕は結構好きなんです」

「枯れる本物より枯れないにせものって？」

「花を美しいと思うのはいずれ枯れるからですよね。それが分かるから、水を替えたり、茎や土を丹精したり、写真や絵に残そうと思う。いつまでも変わらない造花は飽きられて目も手もかけられずにほこりをかぶる。でも何だかそういう哀愁も嫌いじゃない。これもひとつのわびさびじゃないでしょうか」

桜の美しさが、今は一束にも分かる。ある時から分かるようになった。短い盛りを咲き急いで散りゆくもの。あまりにも淡い花びら。

川のほとりを歩きながら、圭輔は「一束、すごいな」と言った。水際に立つと、水面の網目みたいな模様が反射して顔に投影される。とてもいい顔に見えた。やっぱりこの人は水の側《そば》にいるのが似合う。

「プロのガイドみたい」

「まねごともしますよ」

「ほんとに、香港で働いてるなんてな」

「先輩こそ」

「うん？」

「色んなところに行ける仕事がしたい、って言ってたじゃないですか。新聞記者ならぴったりだ」

「よく覚えてんな。運が良かっただけだよ。記念受験のつもりで試験受けたら、何かあれよあれよと進んじゃって。ほかの企業は全滅だったのに」

上着を羽織る時、内ポケットが四角く膨らんでいるのに気づいて思わず「煙草《たばこ》」と呟いた。

「——ああ、これ？」

ばれたか、という顔で取り出したのは一束がすっかりご無沙汰《ぶさた》になった「中南海」の箱だった。

「先輩、吸うようになったんですか」

「うん、就職してから。うち、父親も吸わない人だったから、煙草っつったら一束が持ってたやつしか思い浮かばなくて。まずいとも思わなかったんでこれで定着した」

そうか、じゃあもう水泳はやってないんだ。選手になれるほどじゃないと言った、それも本人の言葉通りに。それにしても煙草なんて、覚えずに済むに越したことはないのにと、一束は身勝手にも思う。

「あんま吸えるとこないっぽいけど、切らしてる時はいつでも言って」

「僕はもう禁煙したんです」

「え？」

一束は圭輔の目を見て、わざとゆっくり説明した。

「今、つき合ってる人が、大の煙草嫌いで」

大丈夫、言える。心を乱さずに。圭輔に恋人がいると知っても何とも思わなかった。よかった。でもわざと痛点をひとつひとつ押していくように自分を試しているうちは決して何ともなくないのだ。

「そっか、偉いな」

圭輔も、目をそらさずに言う。単なる感心以外の感情は見えない。

「一束はさ、マイペースだけど譲るとこはちゃんと譲るもんな」

褒め言葉まで追加されて、少々困惑した。自分がそんな人間だと思ったことはない。

「そうですか？」

「そうだよ。昔だって、俺の前じゃ吸わなかっただろ」

「それは——」

あなたを好きだったからだ。言わせたいのだろうか。ただ昔話を楽しんでいるだけなのか。

香港に着いた時、一束を思い出したと言う。同じ煙草を吸う。それでいて、最後に会った、あの年の六月三十日の一件には触れようともしない。あんまりフランクに接してくるから、夢だったのかもしれないと錯覚してしまいそうになる。圭輔に求められたことも、自分が拒絶したことも。距離がつかめない。腹に一物抱えて平然と振る舞うタイプではなかったはずだけれど、そんなのはあくまでも十三年も前の話。お互いにもう子どもじゃない。一束だって、変わったのだから。

「一束」

「はい」

圭輔は前を留め、ネクタイを結び直した。首が締まって苦しいだろうと、高校生の圭輔をつい思い出してしまう。

「……これから、よろしく」

目の前に伸ばされた手のかたちは、すこしも変わっていないと思った。一束の知る時分から。

「こちらこそ」

握ると、手のひらの厚みがよくわかる。子どもの頃、この手が欲しくてたまらなかった。

この男が。


圭輔が隣に住みたがっていると報告すると、佐伯は「いいんじゃねえの」とさして関心もなさそうに頷いた。

「何かと便利だろ」

「佐伯さんは俺の部屋来たことないから言えるんですよ」

会う時は大抵佐伯のマンションだった。ホテルで飲んだ後そのまま部屋を取る夜もまれにはある。しかし佐伯は一束のところに来ない。一束も招く気はない。快適でないと分かりきっているからだ。一束が行きつけるような下町の茶餐廳にも、街市《ガイシ》にも足を踏み入れない。ローカルな場所に溶け込む気が皆無なのはいっそすがすがしい。かといって「名誉白人」ぶった勘違いもせず、ただ自分の流儀を通しているだけだ。いくつもの海外支局を渡り歩いた経験がそうさせるのか、もともとの性格なのか、三年近いつき合いでまだ見極めがつかない。

「ま、女の子じゃねえんだからそんなに心配することもないだろ」

「あの人は、そんなに優秀なんですか？」

「何で」

「まだ三十一なのに支局長っていうのは」

「外報が本籍地ならもっと早くからなってるさ。俺は二十七の時だった」

新聞記者らしい風貌《ふうぼう》、というのを具体的には説明できないが、佐伯が「らしくない」のは間違いない。四角い眼鏡と、やせた気難しそうな顔立ちは学者か研究者の方がぴったりくる。実際、日常生活に支障はないものの頑健からは程遠く、よくハードなマスコミ稼業が勤まっているとと感心する。

「そういえば、何で外報の佐伯さんが社会部の先輩と一緒だったんですか」

「体調崩して休職明けだったんだよ」

佐伯は苦い顔をした。

「慣らし運転みたいなもんで、若い連中の指導役が回ってきたんだ。そん中に弓削もいた。まあ人当たりがいいから得はするだろ。少々いいやつすぎるけどな」

「というと？」

「『先方に書かないと約束して聞いた話だから書きません』とか真顔で言ってデスクに怒鳴られてんの見たことあるからな」

「書かずにおくほうがいいことだってあるんじゃないですか」

「ケースバイケース。さじ加減は何年やってたって悩むもんだ。別に名記事書くとか、スクープ取ってくるとかいうタイプじゃなかったが……ああ、ひとつあったな、大金星が」

天井を見つめ、独り言のように呟いた。

「何ですか」

「いっぺんだけあいつ、海外行ったことあるんだよ。まだ駆け出しの頃。セルドナ王国ってあったろ」

「フィリピンのちょっと南の？」

「そう」

地図で見ると点のような小国だった。王族を傀儡《かいらい》化した一部の軍人による長い支配、民主主義の台頭に伴う弾圧、騒乱、クーデター。近現代の独裁国家によくある一連の出来事ながら、そこそこ近いので香港でも日本でも一時よく報道されていた。

「現地の人手が足りなくなって、急きょ応援に行かされて。まあビギナーズラックなのかな、弓削の撮った写真にいい出来のがあったんで一面に載せて、結構反響も大きくて、その年の報道協会賞もらったんだよ。だから外報に移ったのも、ラッキーボーイの二度目を期待されてんのかもな」

　お前も見たことあると思うぞ、と言われたが、何年も前の新聞に載った写真など思い出せるわけもない。

「だからって天狗《てんぐ》にならないのはわきまえてるな。……ところで、お前は？」

「俺が何ですか」

「いや、高校ん時、どういう接点があったのかってふしぎでな。部活か？」

「水泳部でしごかれてたように見えますか」

「全然」

　ちょっとしたきっかけで、と説明になっていない返事をした。

「ぽつぽつ会話をする機会があった、というだけの話です。きょう再会するまで何の交流もありませんでしたし」

「ふーん。ま、よろしく頼むわ。引き継ぎの合間にあちこち案内してやってくれ。しばらくはゆっくりさせてやってもバチは当たらんだろ」

「いい上司だ」

「だろ」

「でも、案内ったってどこを？」

「それを考えるのはお前の仕事だ。ベタな観光コースでいいんだよ。経費で落とすからついでに一束も楽しんでくりゃあいい」

観光スポットなんてこっちはとっくに行き飽きているのを知ってるだろうに。

「じゃあ、半島酒店《ペニンシュラホテル》の『嘉麟楼《スプリングムーン》』でたらふく食べてきます」

さして興味もないがそう言い返すと「おう行ってこい行ってこい」とあくまで寛容なお答え。

「やけに太っ腹ですね」

「だから払うのは会社だって」

「ほんとに落ちるんですか」

「俺も昔は領収書のファンタジスタと呼ばれた男だよ」

表情ひとつ変えずにくだらない自慢をするから笑ってしまった。深夜なので、枕に顔を押しつけて声を抑える。

「……象を買ったことがあるって先輩から聞きましたけど」

「あ？　ああ、あれな」

平然と頷かれてさすがに驚いた。型破りな一面を知ってはいたが、まさかそこまでとは。

「ほんとに買ったんですか？」

「バカ、違う。ニューデリーにいた頃、取材でカシミールに行ったんだよ。国境地帯な、あそこらへん、ずっとドンパチやってるだろ。一帯の部族仕切ってるやつに金払わねえと身動きが取れないんだ。でも武装組織がご丁寧に領収書くれないから、本社に『車も通れない悪路だったから交通手段として象を一頭買った』って言ったんだよ。あくまでも冗談だよ。まさかその言い分で認められた上、社内じゅうに広まるなんて思わねえだろ。部外者からは外報が海外でじゃぶじゃぶ金遣ってるとか言われて身内からは評判落としやがってって怒られたし。かわいそうだろ？」

「自業自得ですよ」

「薄情者。まさかまだ伝わってるとは思わなかったな。確か三十の時だから……十三年前か」

また、一九九七年。偶然の符合にせよ、どきりとしてしまう。

「ああ、東京戻るの憂うつになってきたな」

「戻ったら何するんですか」

「外報部長」

「おめでとうございます」

「何でだよ」

「出世したってことでしょう」

「名ばかりに決まってんだろ」

実際すこしも嬉しそうではなかった。日本で管理職に収まるより放浪者のように各国を転々としていたかったということだろうか。もうじゅうぶん放牧されただろうに。会社からも家庭からも。

「踊り場に着いちまったって感じだな」

「踊り場？」

「一応、目の前の階段は上りきって、停滞期っていうかな」

「まだ先があるでしょう」

「経営サイドには回れねえだろうな。無駄遣いの前科がありすぎて。そうなると編集？　論説？　くそつまらねえだろ」

「そうなんですか」

「故事成語や神話引用してしたり顔の社説やコラム書いてる自分なんて想像しただけでぞっとするね。そんならどっか田舎の通信部でのんびりやってるほうがいいや」

「空気もきれいだし？」

「そうそう」

会話が途切れて、そのまま眠るのかと思えば、佐伯はタオルケットを剝《は》いでのしかかってきた。

「しゃべりすぎて寝られなくなっちまった。責任取ってもらおうか」

「……珍しく頑張りますね」

「てめえ、年寄りあんまなめてると泣かすぞ」

「そういう意味じゃなくて――」

言葉は薄い唇の間に呑《の》み込まれてしまう。酷薄そうに見えて案外親切で、鋭い品のある顔立ちのくせに言葉遣いは乱暴だ。佐伯の、何かと予想外な部分が好きだった。

「あ……」

一束の胸の中心には、縦にまっすぐ走る傷痕《きずあと》がある。長さは十センチ足らずで、もうだいぶ薄くなった。佐伯はいつも指と唇でそこに触れるが、どうしてついたものなのか訊こうとはしない。

――……何だこれ。チャックか？

初めてセックスした時、そう言われた。男と寝た経験がなくて（それは佐伯もだったが）こわばっていた一束は、ちょっと呆気《あっけ》に取られて「は？」と訊き返した。この状況でこんな台詞《せりふ》、聞き間違いだと思ったのだ。

――悪い。外したな。

眉《まゆ》ひとつ動かさない表情が、それでも「失敗した」と語っていて、佐伯が佐伯なりに自分の緊張をほぐそうとしているのだとようやく分かった。

「何笑ってんだよ」

「いえ」

目を閉じる。集中すると、左手の薬指にはまっている指輪の、つめたい硬さにそこだけ肌がすくむ感じがする。佐伯はあまり自分について話さない。だから、日本にいる妻の顔も名前も人となりも、一束は知らない。ただ、他の支局の人間がぽつぽつと落としていくうわさによれば、互いに小さい頃から知っていて、同じ病院の闘病仲間だったそうだ。今も病弱で、子どもが望めないこと、海外赴任には帯同できないということ。それでも夫婦仲はすこぶるいいらしいこと。一束の知る限り、新聞記者は男でも結構おしゃべりだ。

三年のうちに情報は蓄積されたが、佐伯本人から裏を取ったものはひとつとしてない。この男について何も深く知ることはなく、もう一カ月もすれば任期切れを迎えて別れ話もせず別れ、会わなくなるのだろう。一束は佐伯を好きだし、別離はつらいがそれは一束自身のことで、佐伯には関係ない。一束はもう他人について知りたがらない。飢餓に似た切望を抱かない。相手に向かって心を伸ばしていく行為が、必ずしもいい結末を呼ぶわけじゃないと分かっているから。好奇心はたやすく嫉妬や猜疑《さいぎ》に変容する。はなから他人のもので、期限付きの男と泥沼になる気はなかった。

夏休みが明けて登校すると、旧校舎はきれいさっぱりとなくなって四角い更地になっていた。夜中に窓ガラスを割って侵入し、酒盛りしていた連中がいて警察沙汰になったのだと始業式で知らされた。老朽化が激しく危険なのと、防犯上の観点から急きょの取り壊しが決定し休み中に作業は終了した、と。休み中、学校に来る用事も、そんな情報を交換し合う友達もいなかったから全然知らなかった。背中に汗を流しながら、その話と、水泳部の弓削くんがインターハイでベスト十六の成績を残しました、という報告を聞いた。圭輔が自由形の選手だったことも初めて知った。圭輔とは本当にただの一度も話さず、顔も合わせなかった。遠くから見ることさえなかった。

二年生に進級した春、初めて旧校舎のあった場所に行ってみた。そこはテニスコートとして整備され、軟式のボールを打つ音がすぽんすぽん響いていた。

フェンスの横で咲きこぼれる桜だけが、一束の知る風景の名残《なごり》だった。教室も廊下も階段も鏡も、圭輔も、すべて一束の前からいなくなってしまったけれど、桜の木だけが残った。きれいだ、と思った。初めて、心から。予鈴が鳴ってもそこから動けなかった。

翌日、部屋の契約のため尖沙咀で待ち合わせた。ペニンシュラのロビーに現れた圭輔はきのうよりいくぶんか疲れて見える。

「どうでしたか、初日」

「美蘭がこえー。超こえー」

圭輔は真顔で訴えた。

「開口一番のお悩みがそれなら大丈夫ですね」

「何でだよ！　ぼろくそだぞ。『広東語はまだしも、英語もろくにできないなんて今まで寝て生きてたの？』って」

忠実に口調までまねる余裕があるあたり、さして打ちのめされているようにも思えない。大体、美蘭は本当に嫌いならろくすっぽ口もきかない性格だ。

「先輩、英語得意だったでしょう」

「仕事で実践できるレベルじゃないって。大学二年以来やってないんだし。『何でこんな人よこすの？』って佐伯さんに食ってかかるだろ、そんでまたあの人が、『お前の人間修業のためだよ』ってしれっと言うもんだからますます怒っちゃって……」

「先輩から聞けば聞くほど楽しそうだ」

「違うって……あ、でも『一束をいじめそうにないのだけは安心できるけど』って言ってたぞ」

お前、いじめられてたの？　にわかに心配そうに覗《のぞ》き込んでくる圭輔に「違いますよ」と仏頂面《ぶっちょうづら》で返した。まったく余計なことを言ってくれる。

「佐伯さんの前任の人とどうもそりが合わなくて。それだけです」

こっちから横柄に接したつもりもないので未だに動機は不明だがとにかく一束のやることなすことにけちをつけ、それに美蘭が猛然と抗議するとそのツケはまたこちらに回ってくる……という悪循環だった。

そんなに嫌いなら、自分の権限でもってさっさとくびにすればいいのに、と呆《あき》れたものだが、代わりの人間を見つけてくるだけの気概も能力もなかったのだろう。何にせよもう済んだ話で、一生会わない相手だろうからどうでもいい。

「何だ、大丈夫なんだな」

圭輔は心底ほっとした顔つきだった。いつまでも十五歳の、ひとりで閉じこもるしかない僕じゃないんです。そう言ってやろうと思ったがやめた。

「美蘭と仲いいんだな」

「そうですね。気性は激しいけど、香港の女の子はみんなあんなものですから。かわいいところもあるし、僕にとってはほっとけない妹のような存在です」

「彼女は、お前のこと『手のかかる弟』って言ってたぞ」

実際は同い年なのに、お互いに目上のつもりとは、苦笑せざるを得ない。

「つき合ってんのかな？　って思ったけど、あの子煙草吸うよな。だから一束の話と違うと思って」

「彼女は僕みたいに貧相な男、お呼びじゃないみたいですよ」

圭輔の視線をすこし居心地悪く感じた。きのうと同じ服だから。いったん家に寄って着替えるつもりだったのに、結局時間がなくてそのままだ。

ひんぱんに泊まるが佐伯の部屋には私物を持ち込まない。服はおろか、歯ブラシさえその都度持ち帰るか、外で捨てる。何も置くなと言われたわけじゃないが、置いておけと勧められたこともないのでこれでいいんだろうと思う。

「立ち話も何ですから」

一階のレストラン、「ザ・ロビー」を指した。佐伯も保証してくれたことだし、さっそくぜいたくを試みる。

「昼はまだでしょう。食べませんか」

圭輔は「んー」と口ごもり、首を横に振った。

「できればほかの店がいい」

「行きたいところがあるんですか」

ピンポイントでリクエストがあるのならやりやすい。しかし圭輔の答えは「お前がいつも行ってるようなとこ」だった。

「こういう場所って肩が凝るから苦手なんだ。これから色んな人と会わなきゃいけないみたいだし、そしたらいやでもちゃんとしたレストランとか連れてかれるだろ?」

「だから市井《しせい》の場所に行きたいと」

「俺は市井の人だから。……難しい日本語知ってんなあ」

「難しくないですよ」

ペニンシュラから、九龍エリアのメインストリート、彌敦道《ネイザンロード》を歩く。路上には派手な看板がドミノみたいにぽこぽこ突き出している。

「アジアの繁華街って感じだなあ」

頭上の密度に圧倒されたように圭輔が呟く。

「向かいにあるのが重慶大厦《チョンキンマンション》」

いかにも雑然としたたたずまいの大きなビル内にはゲストハウスや両替所、インド・パキスタン系の食べ物屋なんかが入っている。今や観光スポットだが、昔は香港を代表するアンダーグラウンドの一部だった。とはいえエレベーターの前には警備員がものものしく常駐しているし、レートがいいからといってあまり深部へ入っていくには勇気がいる。

「ウォン・カーウァイの『恋する惑星』に出てたやつだろ？　映画のまんまだ」

「あれ、原題は単純に『重慶森林《チョンキンサンラン》』なんです。邦題は、何というか、タイトル勝ちって感じですね」

「サンランって？」

「森林、ですね。『ノルウェイの森』が流行ってたから、らしいですが」

「適当だな。……いいなあ、俺もこんなとこ取ってもらえばよかったよ」

まんざら冗談でもなく残念がっている。高級ホテルに滞在しながら何ともぜいたくな言い分ではあるが、本当にただ単純な、「面白そう」という興味だけが圭輔にはあって、やたらと旅の玄人《くろうと》ぶって必要以上の安宿を選びたがるバックパッカー連中に感じるいやらしさはなかった。

「注目されたおかげで、今じゃ周辺のゲストハウスより割高ですよ。女の子がひとりで泊まっても差し支えないようなちゃんとしたホテルも入ってますし」

「こっちは？」

圭輔が隣のホテルを見上げる。

「香港金域假日酒店《ホリデイインゴールデンマイル》」

「景気のよさそうな名前だな」

「租界時代、この通りが飛躍的に発展して『ゴールデンマイル』って呼ばれてたそうです」

今でも香港最大の繁華街、だから有名な飯店《レストラン》はいくらでもあるが、要望通りにいつも行っている、ガイドブックにはまず載らない茶餐廳に連れて行った。日本円で五百円もあれば二品食べられる。

メニューに英語もついていないので、びっしり並ぶ広東語のラインナップを圭輔は暗号にでも挑むような顔つきでにらむ。説明しようかとも思ったが、本人が楽しんでいるのは伝わってきたので黙っていることにする。水も電気もない国に行ったって、圭輔なら面白がって過ごせそうだ。一束が付き添う必要なんてないのかもしれない。

「……出前一丁？」

片隅の文字に目を留めたようだった。

「これって、あの、出前一丁？」

「はい。人気なんです。『公仔麺《ゴンツァイミン》』はインスタントラーメンという意味ですが、中でも『出前一丁《チョッチンシャッティン》』は別格で、若干の追加料金を取られますね」

「へえ。そういえばさっき通ってたバスの車体にもでっかい広告描いてあったなー」

よしこれにする、と思い切って選んだのは咖哩牛腩飯《ガーレイアウナーファン》、つまりは牛バラのカレーで、テーブルに運ばれてくると拍子抜けしていた。日本にはないものを期待していたに違いない。

「カレー、ぐらいは見当がつきそうなもんですけど」

「いっぱい漢字見てたら分かんなくなった」

「僕のと交換しましょうか？」

いかのすり身団子が入った麺《めん》、これも別に珍品じゃないがカレーよりは香港的だろう。圭輔はしかし、軽くすねた表情で「いい」と首を振った。

「子どもじゃないんだから」

自分に言い聞かせるようにして、ネクタイのしっぽを胸ポケットに突っ込む。初めて見る仕草だった。高校の時もそうしていたのかもしれないが、向かい合って食事をしたことがなかったから。ちゃんとした身なりで働いてる会社員なんだ、ということをやけにしみじみ思った。

「中華がいいんなら、もっと本格的な点心がどこででも食べられますよ。茶餐廳はやっぱり、大衆食堂ですから。ファミレスで懐石が食べたいと言っても無理でしょう」

「なんかそういうところは佐伯さんがいっぱい連れてってくれそうだからさ」

「それもそうですね」

「今度、総領事館のパーティとか行くらしいんだけど、正直気が重いっつーか。一束は行かないのか？」

「何で僕みたいな一介のコーディネーターが呼ばれるんですか。それこそ場違いだ」

「スーツ着りゃ、俺なんかよりよっぽどなじみそうだけどな。ていうか一緒に行こうよ。そしたら俺寂しくないし」

「子どもじゃないんでしょ」

どこまでが冗談か分からない誘いを軽くいなした。

「先輩なんて独身の新聞記者だから全然いいほうだと思います」

「どういうこと？」

「駐在員にはヒエラルキーがあるんですよ。いちばん偉そうにしてるのが外務省関係、その次が銀行なんかの金融。財閥系は特に。それから商社、最後がメーカー」

そのランクに従って、微妙に住むところも通う店も違う。母数が少ないぶん、差は日本にいるより歴然と分かるのだろう。

「マスコミは？」

「ちょっと特殊なので、例外って感じですね。奥様がたも夫の『階級』に従った振る舞いを要求されますから、大勢が招《よ》ばれるパーティなんかだと上下関係が一目瞭然《いちもくりょうぜん》だと思いますよ」

「何か、色々大変なんだな」

圭輔はスプーンを休めて「だから佐伯さん単身赴任なのかな」と呟いた。

「そういう煩わしいのに巻き込ませたくないから」

「……身体が弱いからとお聞きしてますが」

「それもあるんだろうけど。でも考えてみたら、あの人ずっと外報畑の単身赴任コースだろ。夫婦で暮らした時間ってトータルでも二、三年ぐらいじゃないか？　寂しくないのかな」

「そりゃ寂しいでしょう」

一束はそっけなく言った。そうだ、寂しくてたまらないのだ、佐伯は。いつでも。一度ほかのもので埋めることを覚えたらもう、いびつな代替を求め続けるしかない。

「ちょっとよく分かんないよなその感覚。すげー愛妻家らしいんだけど、渡り歩いた支局の三倍の数、女とも遊んできたって聞くし……」

「佐伯さんの中では矛盾しないんじゃないですか」

圭輔の口から佐伯の風評を聞くのは、さすがにいい気がしなかった。後ろめたいのだろうか。一体誰に？

「下について仕事をする上であの人の人格を問題に感じたことはないです。僕にとってはそれだけだ」

「……そうだな」

ぬるい水を飲み干して「ごめん」と言う。

「謝らなくても」

「だってお前、怒ってんじゃん」

「別に……」

「一束にとってはいい上司なんだろ？　あの人、厳しいけど優しいから。俺もちょっとだけ一緒に働いてたから分かる。だからこそ、『何で？』って思って言っちゃったけど、軽率だったな。もう言わないから」

自分の中に、かすかな苛立《いらだ》ちが芽を吹くのを感じた。どうして昔のまま、自分が悪いと思ったらきまじめに謝れる圭輔のままなんだろう。ちょっとはひねくれて、根性が悪くなってくれていたらよかったのに。身勝手な怒りを押し殺して「いいやつすぎる」と言ってみる。

「え？」

「――って、佐伯さんが言ってましたよ」

「それこそ別にだよ。佐伯さんだってそうじゃん」

「あの人はそのぶん人が悪い」

「はは」

不動産屋との契約はあっさり済んだ。日本の大手新聞社勤務という肩書きだし、パスポートと当座の現金さえあればあまりうるさいことは言われない。

「一カ月ぐらいしか住まないんだったら入居前の掃除は自分でしてくれと言ってますが」

「ん？　ああ、するする」

本人がこの調子だから、交渉の必要もなし。

「一束の部屋、ちょっと見せてもらってもいい？」

「何もないですけど」

尖沙咀の駅前にある、九龍公園《ガウロンパーク》至近――という立地だけは魅力的な十階建ての古いアパートだった。昭和の雑居ビルの趣の玄関にはもちろん自動ドアもオートロックもついていない。ただの四角い入り口だ。ペンキが剝げてきりんのようにまだらな錆《さ》び模様の集合ポストを指して「大事なものは支局に届くようにして下さい」と注意する。

「あと、もちろん鍵をつけること」

「自宅の合鍵、しまっといて大丈夫？」

「駄目に決まってるじゃないですか」

今時、日本でもそんな不用心者はいないんじゃないのか。

「酔っ払うと鍵失《な》くす癖があんだよね」

「駄目ですってば」

「じゃあ一東、預かってくれよ」

「いやです」

「何で」

「他人の貴重品なんか持ってたくない」

言い争いながら、すれ違えないほど狭く、薄暗い階段を前後に並んで歩いた。

「この幅ですからちゃんとした家具はまず入りませんよ」

「いいよ仮住まいだから。何なら寝袋でもいいし」

五階まで一気に上がったのに、圭輔が息ひとつ切らさないのにはちょっと感心した。一東は慣れっこだが、日本だと大概の建物にエレベーターがついているから。

廊下を挟んで五枚ずつの扉が向かい合ったフロアの一番手前が一東の部屋だった。鍵を差し込もうとすると奥のドアが開き、出てきた男が「鳥羽《ニウジー》」と呼ぶ。

「最近有冇見倒文誠呀《ジョイガンヤウモウギンドウマンセンアー》？（文誠《マンセン》と最近会ったか？）」

「冇《モウ》，冇見倒《モウギンドウ》（いや、見てない）」

「我借咗錢畀佢《ンゴージェージョーチンベイコイ》（あいつに金貸してんだよ）」

「如果見倒佢《ユーグオギンドウコイ》，我會話佢知你搵佢《ンゴーウイワーコイジーネイワンコイ》（見かけたら探してたって言っとく）」

「嘅《ガム》，唔該你啦《ムゴーイネイラー》。你帶咗朋友嚟吖《ネイダーイジョーパンヤウレイア》？（頼む。――友達連れて来たのか？）」

「新上司嚟喋《サンションシーレイガー》（新しい上司）」

「鬼咁後生《グァイガムハウサーン》！（えらく若いな）」

「住喺隔離到租倒房為止《ジューハイガーッレイドウジョウドウフォーンワイジー》（部屋が空くまで隣に住むんだ）」

「你都好好奇喎《ネイドウホウホウケイウォ》（物好き！）」

「我都係噉諗《ンゴードウハイガムナム》（僕もそう思う）」

「頭先講嗰件事《タウシンゴーンゴーギンシー》，拜託晒囉喎《バーイトッサーイロウォ》（じゃあな。さっきのこと、よろしく）」

足音が遠ざかってから、圭輔は「友達？」と尋ねた。

「はい。家を空けることも多いので、なるべく近所づき合いするように心がけてます」

「ニウジーっていうのは、あだ名？」

「鳥羽の広東語読みですよ」

鳥にひっかけて「雀仔《ジョッツァイ》」と呼ばれることもあるが、こちらは「小鳥」の意味だからあまり歓迎しない。

広さは二十二スクエアフィート、おおよそ二十平米。コンロと流し、それにバスタブはないがシャワーとトイレがついている。これで家賃は月十万。

「……本当に何もないな」

折りたたみのベッドと机とパイプ椅子《いす》、プラスチックの衣装ケース。家財と呼べるほどのものもない室内を見て圭輔が言った。しかも全部もらいものだ。

「長期間留守にする時は人に貸したりもしてるので」

テレビは見ない、食事は外でいくらでも済ませられる。一束としては特に不便も感じていないのだった。ここに一家四人で暮らす世帯もいることを考えれば快適だ。

「洗濯機置くとこ……はないんだよな」

「シャワー浴びる時一緒に手洗いしてます」

量も少ないし、デリケートさを要する服も着ない。

「先輩みたいにスーツだとクリーニングに出すしかないですね」

ベランダなんて気の利いたものはなく、小さい窓を開ければすぐ目の前に隣のビルの壁が迫っている。だから昼でも暗くてじめじめしている。

「上から、汚水とかよく分からないものが落ちてくることがあるので、顔を出さないほうがいいですよ」

「よく分からないものって？」

「よく分からないものはよく分からないものです。給湯はしょっちゅう壊れるので、お湯が出てきたらラッキーだと思うぐらいでちょうどいいです。大雨の翌日は、最初茶色い水が出てくるので気をつけてください」

「お前、ここで楽しく暮らしてんの？」

「慣れました。もっと若い頃は、それこそ寝台車みたいなゲストハウスで暮らしてたんでこれでもだいぶよくなりましたよ」

「一束って、繊細そうなのにさばさばして豪快だよな」

「そうですか？」

「うん。昔から。平気で授業さぼったりさ」

「先輩もしてた」

「一年の頃は考えられなかったよ」

それにしても、と塗装のむらがあらわなくすんだ壁を眺める。

「殺風景だな。せめてポスターか写真か、張ってみるとか」

「何の？」

「犬とか？」

「何で」

「いや、うちの犬の写真持ってきてて。もう年だからさー、いつころっといくか分かんなくて、海外行くにあたっての一番の懸念はそれだったな。日本にいたって、駆けつけてはやれないだろうけど」

「彼女でなく?」

「んー……ま、人間は大丈夫だよ。言葉通じんだから」

案外、「釣った魚に餌をやらない」タイプなのかもしれない。このドライな口ぶり。それと、犬のことを思った。十三年前のあの日、一束が結局見られなかった柴犬だろうか。訊かなかったけれど。

部屋を出て、施錠しながら一束は最重要の注意事項を説明していなかったのを思い出す。

「非常に壁が薄いんで、生活音は筒抜けです」

「話し声とか？」

「はい。向かいの部屋の夫婦げんかとか。だから気をつけて下さい」

「何を」

「色々あるでしょう」

「一束が彼女を連れてきた夜は耳栓してろって？」

「まあそういうことです」

実際そんな可能性はゼロだが、敢《あ》えて澄まして答えた。

「別に、聞きたきゃ聞いててくれて結構ですけど」

「言うなあ」

降参、というふうに圭輔が頭をかいて、一束は妙にいい気分で笑う。

佐伯がまる一日空けてくれていて、午後からも特に予定はないというので、観光に連れ出すことにした。香港島に出るのに、地下鉄じゃなくて船を使う。

「天星小輪《スターフェリー》、まだ乗ってませんよね」

「うん。乗ってみたかった」

尖沙咀の駅から十五分ばかり湾岸に向かって歩くと、天星碼頭《フェリーピア》にたどり着く。維多利亞港《ヴィクトリアハーバー》を挟んで、香港島のビル街はすぐ近くに迫る。一束ひとりなら一階の二等席を買うのだが、きょうは二階の一等席を選んで、圭輔に改札でトークンを買ってもらう。プラスチックのコイン型の切符だ。

「一等と二等、どう違う？」

「若干景色が違うのと、冷房ぐらいです。まあ、値段も十円も変わらない」

トークンを入れれば改札のバーが回り、後は好きな席に乗って降りるだけだ。油くさい乗り場から船内に入り、二列になった長椅子の窓際に腰掛けると圭輔は「いいなー」とはしゃいだ。

「二・五HKD《ホンコンドル》だから……五十円もしないの？　地下鉄より全然安いじゃん。俺、毎朝これで出勤しよー」

「でも中環《セントラル》の埠頭《ふとう》から繁華街まで結構かかりますよ。渡り廊下をずーっと歩いていかなきゃならない」

昔はもうちょっと内側にあったのに、四年前に移転してしまった。

「何だそんなの」

圭輔は笑って取り合わなかった。

「五キロも十キロも歩くわけじゃないだろ？　たかが知れてる」

「……さすが体育会系の基準は違いますね」

「バカにしてる？」

「してませんよ」

よく晴れていた。陽射《ひざ》しは遠慮なく入り込んできて、目を開けられないほどだ。中環の、ガラス張りのビルもまばゆく光る。褐色と濃紺を混ぜたような海面が船体の動きにつれてたぷたぷうねる。大人になった自分が、同じく大人になった圭輔と香港にいる。

七分間の短いクルーズは終わり、交易廣場《エクスチェンジスクエア》にあるバスターミナルを目指す。

「バス乗る？　俺、小銭なくなっちゃったんだけど」

香港のバスは、釣り銭が出ない。

「じゃあ僕が出しときます」

「悪い。どっかで崩せたら返すよ。一束がさっきから使ってるのって何？」

一束の財布にあるICカードを覗き込む。

「八達通《オクトパスカード》です。地下鉄にもバスにも乗れますし、コンビニでも使えるから便利ですよ」

「俺もそれがいいな。どこで買える？」

「地下鉄の窓口で。すみません、もっと早く言えばよかったですね」

どうしても短期の旅行者を相手にしている気分になるが、圭輔はこれから年単位でここに「暮らす」のだ。その日々を、たぶん圭輔より一束のほうがうまく思い描けていない。部屋まで探しておきながら。

「ヴィクトリア・ピークでも連れてってくれんのかと思ってたけど、バスに乗るってことは違うんだよな？」

「そっちがいいなら今からでも変更しますよ」

本当は夜、行こうと思っていたのだ。山頂から望む百万ドルの夜景はベタながらいちばん人気のスポットだし。

「んーん、いいよ。行き先分かんないのって楽しみだし」

バスは中環から東へと向かう、金鐘を過ぎ、灣仔《ワンツァイ》を過ぎ、銅鑼灣《コーズウェイベイ》にさしかかると、だ円形の芝生を窓の外に見つけた圭輔が「何あれ」と一束を見る。

「跑馬地《ハッピーヴァレー》競馬場。きょうはやってませんけど」

「香港でも競馬やるんだ。あ、そか、イギリスの領土だったからむしろ本場に近いんだ」

「ギャンブル好きですよ、香港人は。麻雀《マージャン》も人気なんで、そのうち美蘭のカモにされると思います」

「まじで？　俺、点数計算も怪しいのに」

町の中心部から外れると、高層マンションがひしめくベッドタウンがいくつかあり、そこからは山道を進む。

「香港で、こういう田舎っぽいとこくるとほっとすんな」

きのう来たばかりだろうに、そんなことを呟く。

昔は、と一束は思った。この人はとても大人に見えた。同じ場所に通っていながらそれぞれのゾーンはくっきり色分けされていて、圭輔が一束の領域に入ってくるのはたやすかったが逆は違った。あの頃、年の差とはそういうものだった。二歳の隔たりをものすごく大きなものに感じていた。

でも今は、敬語と「先輩」という呼称にその名残があるのみで、香港について何も知らない圭輔に自分が教え、こうやって引率までしている。でも別に優越感もやりにくさもないのは、圭輔が至って素直にその立場を受け容《い》れているからだろう。分からないことはすぐに尋ね、一束の話にうんうんと頷いて聞き入る。身構えないでいるのは、いい年をした男にはなかなか難しいと、色んな人間の段取りを組んできた一束は知っている。知ったかぶりをするやつ、とにかくこっちのプランに一度はいちゃもんをつけないと気が済まないやつ、企業の看板をかさに着てフリーを見下すやつ、いくらでもいた。すこしの我慢と頭の回転があれば難なく折り合えると今は分かっているから、平気な顔で相手ができるが、不快が減るわけじやない。

だから尚更《なおさら》、圭輔が、彼自身の美点をすこしも損なわない（と見える）まま大人になっているのは、奇跡的とすら思える。新聞記者なんて、ひとくせもふたくせもある職業で。

「――あ！」

圭輔がちいさく上げた喚声で、一束は景色の変化が見なくても分かった。

「海だ」

維多利亞港《ヴィクトリアハーバー》とはまるで違う、碧《あお》い、透き通って輝く海。

「香港にもこんなところあるんだ」

「浅水灣《チンスイワン》、レパルスベイです。香港でいちばんのビーチリゾートですよ」

「きれいだ。ビル街も山も海も、何でもあるんだな」

山並みの間から覗く水平線を圭輔は窓ガラスに張りついて食い入るように眺め、そのようすを一束はほほ笑ましく思った。やっぱりここにして正解だったとも。

同時に、人の喜ぶ顔を見て嬉しくなるなんて久しぶりだと気づいた。なりゆきで受け継いだ仕事だし、人と接するのも好きじゃない。でも昔は、香港を知らない人間を様々な場所へ連れて行き、この街について語る時聞き手の顔に浮かぶ感嘆や驚きの色に、ささやかな満足を抱いていたはずだ。

自分は、変わったというより磨耗し、鈍くなっているだけかもしれない。

「カーブを曲がったら海が見える、みたいな歌なかったっけ？　あれ、誰のだっけ」

相変わらず上機嫌に話しかけてくる圭輔に一束は「さあ」とあいまいな笑みだけ返した。

中環からバスで三十分余り、浅水灣海灘《レパルスベイビーチ》の停留所で降りれば目を引くのは海岸より、ゆるやかな波のようにうねるラインの大きな建物だ。真ん中に大きな穴が空き、向こうの山が見通せる。案の上圭輔も「何だこりゃ、すげーな」と言った。

「レパルスベイ・マンションです。穴は、龍の通り道らしいですよ」

「龍？」

「風水に基づいて建てられたそうです。元はホテルだったのを改築して。映画の『慕情』の舞台になった、と言えば分かりますか？」

「ちょっと知ってる。新聞記者が出てくるんだろ」

「実は僕は見たことないもので。悲恋なんですよね」

「うん。でも原題知ってる？　『Love is a many splendored thing』」

「恋はとても輝かしいこと？」

「うん。イコール、『恋はすばらしきもの』」

ビーチへと続く階段を下りながら「『慕情』のほうが秀逸ですよね」と言った。

「そう？」

「だって、最後は結ばれないんでしょう？　能天気な感じだ」

「俺はそうは思わない」

圭輔は反論する。

「うまくいかなかったとしても、別れて、もう二度と会えなくても、後から思えば一瞬のできごとでも、それでもいいもんなんだっていう、強い意思だと思う。好きだよ、この言葉」

それから、自らの真剣さを打ち消そうとするように「『慕情』も風情があっていいけど」とつけ足した。

白砂が広がる浜には、水着姿で寝そべる観光客がそこそこいた。春先から十一月までオンシーズンで泳げる。いかにもな欧米人御用達リゾート地で、一束はそんなに好きじゃない。でも、圭輔を案内するならやはり海だろうと思ったのだ。

「スーツだと浮くな」

上着を脱いで、シャツの袖《そで》をまくると圭輔は苦笑する。

「すいません。ラフな格好でってあらかじめ言っておくべきでしたね」

「いや、どの道不動産屋に会うんだからネクタイとかはしとかなきゃ」

「そんなにかしこまった部屋じゃないですし――水着、持ってきて下さいって言えばよかったのかな」

波打ち際から目を離さない圭輔は「いや」と静かに首を振った。

「肩壊して、長いこと泳いでない」

「え？」

「大学二年の時にさ。長いこと違和感はあったんだけど、怖くて、大丈夫大丈夫って、考えないようにしてたらある日一気にガタがきちゃって。それからは全然だな。生活してて困ることはないんだよ、肩ぐるんぐるん回したりとかはできないけど」

淡々と話す圭輔が、信じられなかった。あんなに泳ぐのが好きだったのに——そう思う自分がへんだとも思った。だって一度も、圭輔が泳ぐ姿を見ていないのだから。そしてこれから見ることもない、というのを今知った。

「ちょうど、って言ったらあれだけど、学部転入が三年からだったし、それからはまじめに勉強して、体育学部から社会学部に入り直した」

「そうだったんですか」

声は力なく、呆然《ぼうぜん》としていた。しかしすぐ我に返り「すみませんでした」と謝った。圭輔がふしぎそうに一束を振り返る。

「何が」

「だって……知らなかったとはいえ、海に連れてきてしまって」

「いいんだよ別に、そんなの。水なんか見たくもないってわけじゃないんだ。普通の人の一生ぶんぐらいは泳いだからもういいやって、満足というか気が済んだというか、そういう——おい、何だよ、そんな深刻な顔すんなよ」

ひどくショックだった。自分の知らない間に、圭輔がそんな挫折《ざせつ》を味わっていたのが。圭輔は、折れることも曲がることも味わわない人生だと、勝手に思い込んでいた。そうあってほしかった。自分で「運がいい」と言うように。佐伯が「ラッキーボーイ」と評したように。水泳を卒業したにせよそれは圭輔の納得のいく、満足な終わり方で、そのままとんとんと大手の新聞社に就職して、認められて。何のくすみもかげりもない人生を。

送ってほしかった。

「……まいったな」

一束が固い表情を崩さないので、圭輔は心底困惑したようにきょろきょろ辺りを見渡すと、やがてそっと手を伸ばした。

大きな手のひらが、いつかのように頭を撫《な》でる。

「……相変わらず、ちっせー頭だな」

「普通ですってば」

言い返すと、安心したように顔をほころばせ、「連れてきてもらえて嬉しかったよ」と言う。

「来たばっかだけど、俺、香港好きだなって思うよ。尖沙咀の雑踏とか。一束のおかげだ」

頭にかかる重みに、温度に、一束はあさってなことを考えていた。水泳をやめなければならなくなって、きっと一時は失意の底に落ちたに違いない圭輔の、近くにいたのは誰なのか。

けれどすぐ、そんな自分を戒めてさりげなく身をかわした。今さら知りたがってどうするというのか。

「……いやな面も色々見ると思いますよ。何だかんだ言っても日本とは全然違う」

「それも含めて楽しみにしてるよ」

潮の香りのする、ぬるい海風が一束のTシャツを軽くはためかせた。

「もう、ぶかぶかの服着てないんだな」

「ああ……そうですね」

あまり触れられたい話題じゃなかった。目をそらして頷く。水平線が明るすぎて痛い。するとその視線を引き戻そうとするように強く「一束」と呼ばれる。

「……はい」

心臓をじかに叩《たた》かれたような気がした。

「俺は……謝らなきゃと思ってて。昔、お前にしたことを」

真剣な声は、鼓動と混ざり合って聞こえた。

「馬鹿だった。ひとりでのぼせ上がって、乱暴するところだった。あの後、お前に謝らなくちゃってずっとそれは引っかかってて、でも、お前を余計怖がらせたらどうしようって――違うな。俺が怖かったんだ。お前に会いに行って、また拒絶されたらどうしようって。それで、避けてて。……きのうは本当に、心臓止まるかってぐらいびっくりした」

「……僕もですよ」

「だよな。佐伯さんに言われて、ふたりになった時も、気が気じゃなかった。一束はきっと、俺の顔なんか見たくもなかっただろうって。でもいちかばちかのつもりで話しかけたら普通に接してくれて、心の底からほっとした」

一束の目には圭輔こそが平静に見えていたのに、内心では深い葛藤《かっとう》があったらしい。やはり、人の胸のうちなんて分からないものだ。

「あの時は、本当にすまなかった」

ただでさえリゾート地には似つかわしくない風体の男が、潔すぎる角度で頭を下げている光景はかなり浮いていて、その謝罪を受け止める余裕もなく「やめて下さい」と慌てる。

「頭を上げて下さい。いいんです、昔のことは。僕は全然気にしてないし、先輩を怒っても恨んでもいない。……もう終わった話だ」

顔を上げた圭輔の目を、うそじゃない、と言い聞かせるように覗き込む。

「へんなわだかまりはお互いに捨てましょう。先輩とは、仕事の上でいい関係を築きたいと思ってます」

うそはついていない。ただ、言わずにいることがあるだけだ。

僕はあなたが好きだった。本当に、この世の誰より好きだった。あの日、抱かれてしまいたかった。

「分かった」
ありがとう、と肩の荷を下ろしたように笑う圭輔に、やっと終わったのだと思った。十三年前の初恋は、圭輔の罪悪感を自分が拭《ぬぐ》うことで。悪くない。ただ、すばらしいものだとも思えなかったけれど。

何だか、ものすごく気が抜けてしまって、再びバスで中環に戻ってくると、「体調がすぐれないので」とその後の予定をキャンセルしてもらった。部屋に帰ってノートパソコンを開くとメールが二通届いている。一通は、日本のテレビ制作会社の社長から。香港ロケの時に何度か一緒に仕事をしたことがある。娘が大学の卒業旅行でそちらに行くので、個人的にガイドを頼まれてくれないかという依頼だった。「どうせなら君のように若くていい男に案内してもらう方がいい思い出になるだろうから」とご丁寧にお世辞までついている。苦笑して了承の旨《むね》を返信した。若い女の子相手の観光案内は気楽だ。とんでもないわがまま娘に遭遇する可能性はあるが、かんどころが押さえやすい。買い物と、飲茶《ヤムチャ》と、甘いもの。この三つをこなせればほとんどは満足する。一束は果物なら日本の梨や柿が好きなので、あんなにもマンゴーをありがたがる気持ちというのはよく分からないけれど。

勝手の分からない異国で世話してくれる相手というのは割増で魅力的に映るものらしい。一日の終わりに、ホテルの部屋でお茶でも飲んでいかない？　とさりげなく（あるいはあからさまに）誘われることもあって、それも気まずくならない断り方ができる程度には大人になった。仕事でつき合う人間とややこしい関係になるのはいやだった。佐伯は例外中の例外だ。

もう一通は、その、佐伯からだった。「弓削の写真」という件名で本文はなく、一枚の写真が添付されているのみだった。キャプションすらないので、これだけでは状況がよく分からない。

まだ少年と言ってもいいような若い兵士と、若い女が向かい合っている。モスグリーンのヘルメットの下、あどけなさが残る目は憤怒に近い激しい色を帯びているが、女は涼しい顔で迷彩服の胸ポケットに一輪の白いバラを挿し込もうとしていた。そしてふたりの間には、抜けるように真っ青な空。

惹きつけられる写真だ、と思った。良し悪しが分かるわけじゃないが、印象的な。でも見《み》惚《と》れる、というよりはざわりと不安になって目が離せない。

一体これは何なのだろうか。じっと画面を見つめていると向かいの部屋で派手な夫婦げんかが始まり、一束はパソコンを持って外へ避難した。死ぬの殺すのの派手なやり取りは日常茶飯事で、静まったかと思えば激しい性交の声で第二ラウンドに突入する場合もある。

九龍公園のベンチに座り、しばらくうっそうとした木立を眺める。敷地内にある大きなモスクの尖塔《せんとう》が白く覗いていた。

何事もなければ支局の業務も終わっているだろう頃合いを見計らって、佐伯に電話をかける。

『どうした』

「写真、ありがとうございました」

『ああ、そんなことか。わざわざ電話しなくてもよかったのに』

「佐伯さんこそ、わざわざ送って下さらなくてもよかったのに」

『お前が興味津々て顔してたからさ』

「……してませんよ」

『してたよ。だから写真のデータベースにログインした時思い出したんだ。なかなかよく撮れてるだろ？』

「あの一枚だけでは、事情がさっぱり」

『それは弓削に教えてもらえよ。今一緒じゃないのか』

「ひとりです。佐伯さんは？」

『飯食って帰るとこ』

「会いに行ってもいいでしょうか」

自分からこんなふうに言うのは初めてだったが、案外さらりと言葉が出てきた。むしろ戸惑ったのは佐伯のほうらしい。しばらく黙ってから「面白いこと言うねお前」とからかうように言った。

「面白いですか」

『そんなお伺い、されたことねえから。俺から誘うばっかりで』

すねた甘えにも聞こえるが、佐伯の都合を優先するにはこちらからアクションをしないほうが便利だと思って一束はそうしてきたし、佐伯もそれを知っているはずだ。

「顔が見たくなったんです」

『もうひとつ面白いな。今どこにいる？』

「尖沙咀です」

『じゃあ中環で待ち合わせるか。ヒルサイド・エスカレーターのとこにいるから。SOHO《ソーホー》で何か食おう』

「分かりました」

中環には、山の中腹の半山區《ミッドレベル》まで、全長八百メートルにもなる半山行人電動楼梯《ヒルサイド・エスカレーター》が延々と連なっている。ミッドレベルに暮らす富裕層のためとも言われているが、使用制限があるわけではないので急勾配《こうばい》の坂が多い香港島で庶民や観光客にも重宝がられている。荷李活道《ハリウッドロード》の南側にあるSOHO（south of Hollywood Rd.）地区へもこれで運ばれていく。

マンションに近くて便利なので、佐伯の行きつけのカフェバーがいくつかある。尖沙咀に暮らす一束からしてみれば多分に取り澄ました、観光客と白人のためのエリアなのでひとりだと足を向けない。佐伯は、金取って客商売してる以上どういう層を想定していようが知ったこっちゃない、というタイプで、そういうふてぶてしさは店側にも伝わるのか、一束は佐伯といてあからさまに悪い席に案内されるような憂《う》き目にあったことはない。

ノートパソコンの電源を落として立ち上がる。中環までは地下鉄でたったの二駅。香港は狭い。その狭さを、時々煩わしく感じる。こんなふうに、すぐ会いに行けてしまうのが。

佐伯がシャワーを浴びている間に、圭輔から電話がかかってきた。

「……もしもし」

『あ、俺、弓削ですけど、今大丈夫？』

「はい」

ちらりと、バスルームを窺《うかが》いながら答える。

『俺、あの後不動産屋行ってさ、どうせならきょう掃除しちゃおうと思って。で、鍵もらってきた』

「……よくコミュニケーションできましたね」

言ってくれれば付き添ったのに、という言葉が喉《のど》まで出かかったが、自分から予定を反故《ほご》にした手前何も言えない。

『いや、お互いに怪しい英語と、あと筆談で。漢字の羅列でまあまあ何とかなったりね。スーパー行って、色々仕入れて、掃除して、で、そうだ一束具合悪いって言ってたなーって思って、コンビニでおにぎりとか買ってきたんだけど、ドア叩いても反応ねーからちょっと心配になって。ごめん、寝てた？』

「いえ――ちょっと、人の家に」

微妙な間で圭輔は何かを察したらしい。ごめん、と慌てたように言った。

『案内してくれたお返しがしたかったし、お前んち、冷蔵庫もなかったから、病気の時は困るかなって思ったんだけど、そうだよな、余計なお世話だよな』

「僕こそ、無駄足を踏ませてしまってすみません」

『いいよ、隣なんだから。……お大事に』

「おやすみなさい」

やがて、バスローブを羽織って出てきた佐伯が「電話してたか？」と尋ねる。

「話し声がした」

「先輩からです」

「何だ、トラブルか？」

「いえ。お見舞いに来て下さったようなんですが、俺がここにいるから空振りをさせてしまいました」

「見舞い？」

佐伯は、冷蔵庫から水のびんを取り出す。コンビニで売っているべこべこに薄いペットボトルじゃなく、ランドマークの高級自然派スーパーで買うびん入りのミネラルウォーターだ。家具の類は全部置いていって弓削に譲る、と言っているが、ここで圭輔がどんな生活をするのかちょっと想像しがたい。

「体調が悪いとうそをついて仕事を放棄したんです」

「ひでえな」

言葉とは裏腹に佐伯は笑っていた。

「すみません」

「俺に謝ることっちゃねえだろ。けんかでもしたか？」

「けんかするほども仲良くないですね」

「へえ」

「……何ですか？」

「いいや。じゃあ何でだ。お前らしくもねえ」

「すこし疲れたのは本当です。……あの人とは、どうもタイミングが合わないみたいで」

「見舞いの行き違いぐらいで大げさだな」

「ほかにも、色々」

十三年前、告白しそこなったこと。一束が禁煙して、圭輔は煙草を覚えたこと。互いに別の相手がいること。きっと自分たちは、嚙《か》み合わないようにできているのだ。

佐伯の唇はつめたかった。ガス入りの水の炭酸が、触れ合った狭間《はざま》で、ぷつんとちいさく弾《はじ》けたような気がした。


「佐伯さん、『慕情』見たことありますか」

ベッドでうつ伏せになって尋ねると、「大昔」と返ってきた。

「さらにもっと昔、原作読んだな」

「どうでした?」

「忘れたよ。一日の大半ベッドにいたから、手当たり次第に読んでた」

「じゃあ、どんな本が好きでしたか」

「オズの魔法使い、ガリバー旅行記、ナルニア国物語、海底二万マイル、不思議の国のアリス……かわいいもんだろ」

一束は「そうですね」と答えながら、この人は分かってて言ってるんだろうか、と思った。今自分が挙げたのがすべて「ここではないどこかへ行く」物語だということを。虚弱だったという少年は、どんな気持ちでそれらを読んでいただろう。

佐伯の中にあるのは恐怖に近い衝動のような気がした。外へ、外へ、どこかへ。遠くへ。駆り立てられるようにして国から国へ、転々としてきたのではなかったか。日本に戻ること、留《とど》まることとは、再び病室の四角いベッドに縛り付けられるのと同義に思えて。あるいは長い夢から覚め、ただの少年に戻ってしまうように思えて。同じ境遇で知り合った彼の妻も、ひょっとしたらそれを理解しているのではないか。

色んな場所へ行きたい。同じ望みでも、明るく健やかな好奇心に支えられた圭輔のそれとは、あまりにも違う。切実で悲愴《ひそう》な。

三年も関わってきて、今まで思い至らなかったのにも、今気づいたのにも、びっくりした。佐伯の弱さについてなど、考えたこともなかった。

「佐伯さん」

「うん？」

「俺は、自分で思ってたよりもっと佐伯さんを好きなのかもしれない」

「そりゃどうも」

佐伯はいつもみたいに、顔の片面だけで笑ってみせてから「俺も最近そう思うんだよな」

と答えた。その裏に隠された本音があるのかないのか、あったとしたらどういうものなのか、その時一束は読み取れなかった。

圭輔と一緒に取材に行ってくれ、と言われたのはそれから一週間後だ。ホテルを引き払って一束の隣で本格的に香港暮らしを始めた圭輔は、本人の宣言通り、特にこちらを頼ってくることもなく、自分のペースでやっているようだった。むしろ、街市で肉や野菜を買ってきて簡単な料理を作り、一緒に食べようと誘ってきたりする。自信を持って発音できるのは「幾多銭《ゲイドウチン》（いくら）？」と「比葱我《ベイチョンオウ》（ネギ下さい）」らしい。街市の八百屋ではネギは商品ではなく、買い物客へのおまけだからだ。辞書と首っぴきでこっちの新聞を何とか読めるレベル、話すほうはあいさつに毛が生えた程度なのに、日本で言うと観光地でも何でもない下町の商店街的な場所に堂々と出入りして買い物ができるのは素直にすごい。

「金魚街《ガムユーガイ》に行ってくれ。内容は道々弓削が話す」

短い指示を投げると、マカオの役人と会食の予定があるとかで佐伯は出かけて行った。香港からマカオへは、高速船で一時間ほどだ。

圭輔と連れだって、地下鉄で旺角へ向かう。

「金魚街って、俺が泊まってたホテルの近くだよな？」

「はい。ネイザンロードを挟んで、通り二つぶん奥に入ったところに。何しに行くんですか？」

「日本で、投資詐欺があってさ。香港で金魚の養殖ビジネスやりませんか、っての。こっちじゃラッキーアイテムなんだろ？」

「そうですね、金運がよくなると」

だからこそ専門店が並ぶストリートが成立する。

「で、近所のじーさんばーさんに出資募って金を出させたやつが日本にいる。今んとこ表に出てる被害額だけで一億円超。最初はちゃんと配当あってさ、ビジネスクラスであちこち連れてってもらったりとかしてたんだって」

「それが段々なくなった」

「そう。被害者の会もできてるから、逮捕されるのもそう遠くない。とりあえずは詐欺じゃなくて出資法違反でパクられるんだろうけど」

「……それどう違うんですか」

「詐欺だと、明確に金を騙《だま》し取る、っていう意図が立証できないと。単にちょっと支払いが遅れてるだけですって言い逃れることもできるから。だから、何の資格もない一個人が勝手に投資を謳《うた》って金を集めたってほうに絞るわけ」

銀色のバーを握る横顔にちょっと見入ってしまった。

「何だよ」

「……ほんとにちゃんと、新聞記者なんだと思って」

「失礼な」

圭輔は笑ったが、旺角の駅に近づくと顔を引き締めて「金魚街に関係者がいるって話だから、詳しく聞きたい」と言った。

「どの店かは分からない」

「被害者のひとりが会ったらしいんだけど、土地勘もないし、広東語だったっていうから。しらみつぶしに当たるしかない」

金魚街は、観光客でにぎわうナイトマーケット、女人街《ノイヤンガイ》のすぐ近くにある。「ニセモノ、あるよ！」と何とも堂々たる呼び込みがかまびすしい女人街とは対照的にひっそりとした、独特の雰囲気がある。庇を長く延ばした薄暗い店舗のせいだろう。朱《あか》いひれがそこらじゅうでひらひら舞っている。物言わぬ魚たちは水槽に入れられ、あるいはビニール袋に詰められひしめいていた。見ているだけで何だか息苦しくなってしまう。撮影禁止の札を出している店も多く、物見高い客を何となく拒む空気もその一因かもしれない。ガイドブックにも載ってはいるが、愛好家以外には敷居が高い場所だと思う。

「『水族《シュイゾク》』」

至るところにある看板を見て圭輔が呟く。

「魚類の意味です」

「ああ、なるほど」

「日本の投資話に噛んでる人間はいないかって訊けばいいんですね？」

「頼む」

その質問とイエスかノーだけでやりとりが済めば非常に楽だが、実際は門前払いを食わされたり「何だあんたら」と逆に詮索《せんさく》されたり、思わせぶりに金魚を売りつけられそうになったりする。こちらの事情をどこまで明かしていいのか一束には分からないので、その都度圭輔にこまごま確認しなければならない。数十軒ある金魚屋でしらみつぶしにそれをするのは、思った以上に骨の折れる仕事だった。

店により不定休なので当然閉まっているところもあったが、圭輔はお構いなしにシャッターを叩き、マスコミの仕事なんてそういうものだと分かってはいるが、実際強引な振る舞いを目にするとぎょっとした。

「後追いなんだよ、これ」

人の気配のないシャッターの向こうをじっとにらんで圭輔が言う。

「はい？」

「最初、被害者から会社に電話きて。でも、対応が悪かったとかですぐ切って、ほかの各社にタレ込んだわけ。そんでそいつらは横並びなのに、うちだけ二歩も三歩も出遅れての取材。まあ、よくあることだけどさ、追っかけって結構つらいんだよ。相手は『またおんなじことしゃべらせんのか』って顔するし、取り尽くされた畑掘り返してるみたいな徒労感がさ。……香港にも関係者がいるっていうのは、東京の社会部がやっと取ってきた情報だから。絶対無駄にしたくない」

だから頼む、と圭輔は言った。

「矢面《やおもて》に立って話すのお前だから、きついだろうけど、もし何かトラブルになったら必ず俺が責任取るし、一束を危ない目に遭わせるようなことだけはしないから。力を貸してくれ」

この、実直さに対して込み上げてくるのは懐かしさなのか腹立たしさなのか。冷静にならなければとごくりと唾《つば》を呑み込んだが、どうしてもきつい口調になった。

「よして下さい。こっちだって仕事だ。先輩の事情は関係なく給料ぶんは働きますよ。人助けでやってるんじゃない」

突然の激しい語調に、今度は圭輔が驚く番だった。本当に合わない、と思う。

「……もっと、顎《あご》で使うぐらいでいてくれないと、困ります」

「……困るって、何をだよ」

その問いには答えずに顔をそむけた。

「ここは本当に留守みたいだ。とりあえず他を当たりましょう」

もっと、いやな面を、汚い面を見せてくれないと、困る。

頭上がふっとかきくもったかと思うと、ほどなくしてぽつぽつ雨が降ってくる。閉店なのを幸い、軒先で雨宿りした。青いビニールの庇に雨粒は、打楽器みたいにうるさく響く。薄い覆いを見上げれば、大きなしずくが踊り、のたうつように跳ねているのが透けている。またたく間に路上は灰色の、ごくごく浅い川だ。びしゃびしゃ乱れる水面が、まだらに黒ずんだ空を映す。

「これ、大丈夫？」

あまりの勢いに圭輔が尋ねた。

「すぐやみますよ」

「南国だもんな」

ざんざん降りの下の、うるさいのに静まり返っている、という奇妙な感じは何だろうか。知らない者同士がひしめくエレベーターの緊張感にどこか似ているかもしれない。雨水の溜まるブルーシートと一緒に自分の身体も、しなってたわむような圧迫感を覚えて一束は口を開いた。

「佐伯さんが写真、見せてくれました」

「何の？」

「先輩が撮った、セルドナ王国の」

「ああ……」

ひどく困惑げだった。

「賞を取ったと、佐伯さんが教えてくれたんです。それで、僕に」

「あの人も時々よく分かんないはからいをするよな。ただのまぐれだからあんまり広められたくないんだけど」

「じゃあ、どういう状況の写真だったかって訊くのは迷惑ですか」

「いや、別に。でも状況つったってな、突然、人が足りないからお前も行ってこいって言われて、何書いて何撮りゃいいんですかって呆《ほう》けてて、お前が伝えたいって思ったものに決まってんだろバカって怒鳴られて……それでやみくもにシャッター切ったうちの一枚。最近のデジカメってほんと性能いいからさ」

「あれは、クーデターの前ですよね」

「そう。学生グループと下っ端の兵士がにらみ合ってるとこ。俺は、日本で生まれ育ったし、行くまでは単純に軍政けしからんって思ってたんだよ。何人処刑されたとか投獄されたとか聞いてたしさ。でも実際行くと、こぎれいで垢《あか》抜けた、ちゃんと『民主主義とは何ぞや』っていう勉強ができる家に育った坊ちゃん嬢ちゃんたちと、どっか田舎の農村で生まれて、教育もへったくれもなく、親兄弟を養うために兵士にならざるを得なかったって感じのガキが対峙《たいじ》してて。バラ挿して挑発してて。あー何だこりゃって」

どしゃどしゃ落ちてくるつぶては、天からの弾丸に見えたかもしれない。圭輔は浮かない顔で目を細めた。かつてはこんな中を泳ぐのが好きだと、瞳を輝かせたのを覚えているだろうか。

「写真も、記事も、俺の迷いがまんま出てた。でもそれが逆にいいって整理部が一面の広いスペースくれて、いい見出しつけてくれて……細かい積み重ねを評価してもらえて、そこは素直に嬉しいよ。記事書くだけが新聞じゃない。けど、あれが佐伯さんの署名だったら誰も注目しなかったと思う。よく言えば新鮮、悪く言えば素人《しろうと》目線だったんだよ」

「……でも、僕はあの写真好きですよ」

おべっかでも慰めでもなく、自然と口をついて出た言葉だった。あの不安定な気配は、写した瞬間の圭輔の戸惑いや驚きがそのまま閉じ込められているからだ。その青い揺れを、良し悪しはともかくとして一束は、好きだと思った。

「ありがとう」

圭輔にもまっすぐ伝わったようだった。ほとびるようにふにゃっとやわらかく笑って、記憶の中の、十八歳の圭輔よりさらに若々しく見えた。

「もっぺん行ったら、もうちょいましな取材ができると思うんだけど、ってのは不謹慎だな」

「今、あそこどうなってるんでしたっけ」

「お飾りだった王族に実権がいって、そこそこうまくやってるはずだけど」

雨はほどなくして唐突にやんだ。

結局、二十数軒目で目的の人物に行き着いた。そこからまた取材させてくれるのくれないの、名前は出さない、顔写真は、店の外観は……本題に入るまで一時間以上の押し問答があった。相手が渋ると、じゃあこういう言い方をしてくれ、こういう条件で、と様々に角度を変えて交渉しながら、絶対閉じさせない圭輔は粘り強かった。ほどよい間合いでこの仕事は儲かるのかとか景気はどうだとか、世間話を差し挟んでリラックスさせることも忘れない。単なるインタビューの通訳なら何度もこなしたが事件取材に立ち会うのが初めての一束には新鮮だった。

昼前に支局を出て、取材が終わる頃にはもう夕方だった。飲まず食わず座らずでしゃべり続けて喉はからからだ。コーディネーターをしていてもよくあることなので慣れっこだが、圭輔は「ありがとう。一束のおかげだ」としきりにねぎらった。

「ほんとは、このまま飯でも食いに行きたいとこだけど、きょうじゅうに書いて出稿しないとだから、また今度埋め合わせさせてくれ」

「気にしなくていいですよ、別に」

仕事ですから、と言外に匂《にお》わせる口調で答えた。

支局に戻り、雑用をいくつか済ませて一束はすぐ帰ったが、「お先に失礼します」の声も聞こえないようすで、圭輔はパソコンの画面と取材ノートを交互ににらんでいた。

夜、美蘭から電話があった。圭輔の歓迎会をするのだという。

『いつがいいか訊いとけって佐伯さんに言われてたの、忘れてた』

「週末は無理、他の仕事入ってるから。それ以外ならいつでも。でも来週だとありがたいな」

『そう。じゃあまた決まったら連絡する』

「よろしく」

そのまま電話を切るのかと思えば、「ところで」と意味深に切り出してくる。

『弓削さんとは昔、何かあったの？』

「……何かって？」

『それを私が訊いてるんじゃない。だってあの人、さりげないふりしてすごく気にしてるんだもの。一束はどんな子と付き合ってるんだ？　って』

「おい——」

まさか、という一束の言葉を「言わないわよ」と制した。

『言うわけないでしょ、友達のプライベートを』

「感謝する」

『別にいいのよ、黙ってるのは。私が思うのは、どうしてこの人一束に直接訊かないのかしら？　って。世間話の範ちゅうなのに』

周辺取材が好きなんだろ、と一束は適当にあしらった。

「今度訊かれたらミッドレベル在住のお嬢様とつき合ってるとでも言っといて」

よしなさい、と妙に大人ぶった声で美蘭は言った。

『半端なごまかしなんて自分の首絞めるだけよ。百パーセントのうそか、百パーセントのほんとじゃないと』

「……ご忠告は承ったよ」

美蘭に、佐伯との関係が知られたのはいつだったか。三人で食事をしている時に佐伯がしれっと話したのだ。俺はこいつと寝てるよ、と。あんな狭い職場で顔突き合わせて働いている同僚の目はごまかしきれないし、彼女はお前の不利になるようなことしゃべらんだろ、と。他人に友情を値踏みされ、利用されるのは愉快じゃなかったが、隠すよりずっと気が楽になったのも確かだった。美蘭は怒って呆れて今も反対している。でも佐伯の読み通りに口外しなかったし、態度も変わらなかった。

日付が変わるすこし前、足音がして隣室のドアが開いた。ようやくのご帰宅らしい。ベッドに仰向けになって、一束はそれを聞いていた。というかいやでも聞こえる。圭輔の携帯が鳴ったのも。

——もしもし？　……ああ、何や。

いつもと違うイントネーションに、どきりとした。聞いてはいけないものを聞いてしまっているような——この感じは、昔、旧校舎で寝ぼけ眼《まなこ》の圭輔を見た時と同じだった。

——どないしてん、こんな遅くに。え？　いや、今帰ってきたとこ。そっちは元気か？　くだけて、すこし乱暴にも響くしゃべり方。恋人なんだろうな、と思った。自然に、打ち解けた方言が出てくる間柄の。

——地下鉄のな、エスカレーターが速いねん。日本より。いや、ほんまやって。自分どんくさいから絶対よお乗らんで。まじでまじで。

まる一日働いた疲労を感じさせないほど、圭輔の声は弾んでいた。一束はつられるようにすこし笑ってすぐに耳をふさぎ、バスルームに直行する。コックをいっぱいにひねって頭からシャワーを浴びた。めいっぱい回しても水量は心もとなく、おまけにいつまでも温かくならなかったが、構わず冷水に打たれ続けた。圭輔の、あんな声を聞かずに済むのなら何でもよかった。胸の傷痕を無意識にかきむしっていた。

身体《からだ》が冷え切ったので水を止めると、話し声はもう聞こえず、代わりのように一束の携帯が再度鳴っていた。濡《ぬ》れた身体のまま移動して発信者を確かめると、出る。

「あなたは、いつもタイミングがいい」

『光栄だね。まだ会社か？』

「うちにいます。お疲れ様でした」

『お前こそ』

「どうでした？」

自分の声も隣に届いているはずなので、固有名詞は慎重に避けた。

『煙草の煙でいぶされて辟易《へきえき》した』

苦々しげに吐き捨ててから「どうする？」と尋ねる。

『今、上環の客輪碼頭《フェリーターミナル》だから、直接うちに来ればちょうど落ち合えるぐらいだろ』

「分かりました」

すぐ行きます、という声は、すこし大きくなった。


マンションに行ったものの、佐伯は電気もつけようとせずデスクライトの灯《あか》りだけで仕事をしていた。

「もうちょっと待っててくれ」

「お構いなく」

待つことには慣れている。邪魔にならないように背後のソファで携帯をいじっていた。しばらくすると、ちゃり、と小銭を探っているような物音がした。

「悪い」

佐伯が言う。

「――静《しず》か、電気つけてくれないか」

響きは似ているが、絶対に「一束」じゃなかった。佐伯の口調が全然違っていた。いつでも、どこかにざらついた摩擦を感じさせる声が、驚くほど穏やかで、やわらかな慈《いつく》しみをにじませて。

疲れているにせよ、ありえない失敗だった。失態、かもしれない。一体どうした。しかしそれをもっとも痛感しているのは当の佐伯だろうから、一束は黙って立ち上がり、部屋の灯りをつけた。そうか、そんな名前なのか。洩らしたのは向こうなのに、秘密を暴いてしまったような後ろめたさを感じた。

佐伯は何事もなかったかのような顔で「あっちで新聞買ったら、パタカで釣りくれやがった」と話す。パタカはマカオの通貨だ。

「分けとかなきゃって思ったんだが、暗いと硬貨の見分けがつきにくい――いよいよ老眼かな」

眼鏡を外し、鼻の付け根を軽く揉《も》んだ。

「近視の人って、老眼くるのは遅いって聞きましたけど」

「俺は近視じゃなくて乱視」

そうか。そんな基本的なことも知らない、と改めて思った。そして、圭輔が遠くから自分を見つけたことを思い出した。圭輔の目が悪かったら、知り合うことさえなかった。

「――何だ？」

尋ねられ、驚いた。よそごとを考えていたのを気づかれたからじゃない。勘の鋭さを、そのまま向けられたことに。普段の佐伯なら知らんふりをしたはずだ。ごまかす余裕もなかった。

「大したことじゃないです。先輩が、とても視力がよかったのを思い出して――」

「あいつの話はするな」

見えない鞭《むち》がしなって、頬を打たれたような気がした。ぴしゃりとした声だった。

おかしい、と思った。疲れているとか機嫌が悪いとかではなく、自分たちの間の何かが、根本的なところからずれ始めている。

それが一体誰のせいなのか、考えても分からなかった。


うちに連絡入れとかなきゃ、と美蘭が席を外した。まだ九時前だが、門限の十一時を超えそうな時には許可を取るのが黄家のルールらしい。

「……あの子、実はお嬢様なんですか」

「知らなかったのかよ。実はどころじゃねーぞ。母親は大手電視台の取締役、父親は行政府の高官だ」

逆玉狙ってみるか、と圭輔のグラスにワインを注《つ》ぎながら佐伯がからかう。

「泣かすようなまねしたら国外退去ですかね」

「政治犯として収容してくれるかもな。そん時ゃ手記でも書いてくれ」

「やですよ……」

「彼女、ホワイトカラーの男は好みじゃないそうですから」

育ちのよさの反動か、単なる趣味かは知らないが、彼女の男遍歴は実にうさんくさい。怪しいミュージシャンくずれだの、前衛的（よく言えば）なシャツを作って売っている露店商だの。黒工《ヘイゴン》（不法就労者）に引っかかりそうになったこともある。そういう連中と揉めたり切れたりする局面で骨を折るのは常に一束だった。友人をみすみす不幸にしたくないし、逆に美蘭にいい仕事を回してもらったりするので、持ちつ持たれつのバランスは保たれているけれど。

「あ、何かきた」

テーブルに、湯気の立つ皿が運ばれる。白い、ほっそりした「何か」。

「マコモタケの塩ゆで。食えよ」

食が細い佐伯は、ディナーの中盤からもうほとんど箸《はし》をつけない。安い食べ物を口にしないのはそういうせいもあるのだろう。一生涯に食べる量は、ひょっとすると圭輔の半分以下かもしれない。

「あ、ちょっとタケノコに似ててうまいっすね」

圭輔は何でも尻込みせず食べ、素材に関してはまったく好き嫌いがない。大概の日本人には敷居の高い猪紅粥《ジュホンジョッ》（豚の血のゼリー入り粥）も平然と平らげていた。

「それ、茭白筍《チャオパイスン》っていうんだけど、別名もあるんだよ」

「何ですか？」

「美人腿《メイトンレイ》……おねーちゃんの太ももって意味だ。どうよ、美人の脚の味は」

「ああ、なるほど」

自分の歯形がくっきりついたそれを、圭輔はまじまじと眺める。

「確かに白くて色っぽいかも」

そして急に思いついたように「なあ」と一束を見た。

「高校ん時のさ、現国の教科書に載ってなかった？　そういう話。あれ、谷崎潤一郎だったかな。目隠しされて、『人の指です』って怪しい料理食べさせられんの」

「さあ……覚えてないです」

「学年違うから微妙に内容変わってんのかな？　それとも帰国子女クラスだったから教科書自体違うとか？」

「どうでしょう」

仕事の場以外で、この面子《メンツ》になってしまうのはすこし気詰まりだった。早く美蘭が戻ってくればいいのに、と思った時。

「おめーは昔の話ばっかだな」

ソファに深く背中を預け、脚を組み換えながら佐伯が言った。

「鳥羽のこと話す時は、昔こうだったああだった……。鳥羽もそうだ。高校時代ってな、そんなにすばらしかったかね」

うっすらとした挑発の色。らしくない。酔っ払っているのだろうか。圭輔も違和感を覚えたようだった。それでも穏便にやり過ごそうと、「すばらしいってわけじゃないですが」と慎重に答える。

「今の一束についてよく知らないので、自然と昔話に流れるだけです」

「不毛だね」

あまりにもあっさりと切って捨てたので聞き間違いかと思った。他人に、理由もなくこんな好戦的な物言いをする男じゃない。

「佐伯さん、お酒が過ぎるんじゃないですか」

はかない期待を込めて、一束は穏やかにたしなめた。「ああ、そうだな」とすんなりいつもの佐伯に戻ってくれるんじゃないかと。しかし佐伯は、薄氷みたいな笑みを貼り付けて言った。生バンドの演奏が流れる店内でも聞き逃しようなくはっきりと。

「你有冇同個靚仔上過床呀《ネイヤウモウトンゴレーンジャイショーングオチョーンアー》？（この坊やとはもう寝たか？）」

ダイニングの、効き過ぎた冷房よりもっと冷たい空気が体内を走り抜けた。なのに顔は熱くなる。怒り、だけではない、ぐちゃぐちゃの感情で。自分を御することのできない子どもの頃によく覚えた、やり場のない激情。

しかし今は、それを押し殺すぐらいはできる。

「你講咩嘢呀《ネイゴーンメーイエアー》？（何を言ってるんですか、あなたは）」

周囲に聞こえないよう、声を低める。言葉の意味を理解できない主輔は、けげんそうに二人の顔を見比べている。雲行きの怪しいことぐらいは察しがつくだろう。

「唔好扮嘢啦《ムホウバーンイエラー》。你哋《ネイデイ》，見到面嗰時《ギンドウミンゴーシー》，就互相緊張對方喫啦《ジャウウーションガンジョーンドイフォーンガラー》。邊個都可以睇得出《ビンゴドウホーイータイダッチョッ》，你哋嘅《ネイデイゲ》關係唔係師兄師弟咁簡單《グワーンハイムハイシーヘンシーダイガムガーンダーン》（とぼけるなよ。会った時からお互いに意識しまくってたくせに。ただの先輩と後輩じゃなかったことぐらい誰でも分かる）」

「就算係《ジャウシュンハイ》，都唔關你事《ドウムグワーンネイシー》（だったとして、あなたには関係のないことです）」

「佐伯さん。一束も、さっきから何の話？」

「美好嘅初戀吖《メイホウゲチョーリュンア》？（美しい初恋か）」

「唔好玩啦《ムホウワーンラー》（いい加減にしてください）」

いやだ。佐伯にこんなことを言われたくない。それも圭輔の前で。一束はかぶりを振る。

「……何なんだよ」

苛立った圭輔に向かって、佐伯はゆっくり、噛んで含めるように告げる。

「遅佐三年嘞《チージョーサームニンラッ》（三年遅かったな）」

ほの暗い間接照明だけの店で、圭輔の顔色がさっと変わるのが分かった。瞬間、息ができなくなる。まさか。分かっているはずがない。

でも、十三年前だって。

圭輔が、腰を浮かせかけたその時「お待たせ」と美蘭が帰ってきた。

「……どうしたの？」

座の異様な雰囲気に気づいてぱちぱちと瞬《まばた》きをする。その問いに答えたのは、発端の佐伯だった。

「下ネタで若者からかったら引かれたよ」

悪いな、二人とも。軽く片手を挙げて、詫《わ》びてさえみせる。そんな台詞はもっと前に聞きたかった。

「馬鹿ね」

美蘭はばっさりとこき下ろしてから「行きましょうよ」と一同を促した。

「もうたっぷり飲み食いしたでしょう？　せっかく四人いるんだし、麻雀しましょう。佐伯さんの家で」

「いいね」

上機嫌に立ち上がる。さっきのが芝居なのか、今のが芝居なのか。どちらにせよ、何を考えているのかさっぱり分からない。

「お前らも来るだろ」

「はい」

返事ができない一束を差し置いて圭輔が勢いよく立ち上がった。

「な、一束」

瞳だけが強く、一束を射ていた。こんな目で見られるのは初めてだった。理不尽だと思った。何も悪いことをした覚えなどないというのに。

ヒルサイド・エスカレーターと直結したマンションに佐伯の部屋はある。黙って上方へと運ばれていると、隣の美蘭が「ねえ」とささやく。

「さっき、何だか気まずいムードだった？」

「すこしね」

控えめに申告する。

「やっぱり」

「分かってたんなら麻雀なんて誘わないでくれよ」

「だって……あのまま解散してたら次会う時もっと気まずいんじゃない？」

ていうか、とすこし前にいる男二人の背中をふしぎそうに見上げる。

「お前警察担当だったろ。記者クラブで麻雀って、今やってねえの」

「セットだけ置いてありますけど、ほとんどしなかったかな。ところで麻雀の負け分って経費で落ちますか？」

「落ちねえよ」

今しがたの緊張感がうそのように和やかに談笑している。

「何をそんなに揉めてたの？」

「さあ」

「またとぼけて」

文句を言われても説明のしようがない。


やわらかく色が沈み、くすんだ象牙《ぞうげ》の雀牌《ジャンパイ》は一束が贈った。ハリウッドロードの骨董《こっとう》屋でたまたま見つけたものだ。値打ちを見極める眼なんてないが、七七〇〇ＨＫＤ、おおよそ十万円、払ってもいいと単純に思えた。ひんやりとした、上品な果物みたいな点棒の感触や、すこし大きな牌の角の丸みに。生まれて初めての衝動買いだった。

何かの記念日だったというわけじゃなく、強《し》いて言うならふたりでどこかへ出かける際、一束は財布をいっさい出させてもらえないので、そのお礼というところだろうか。高くてもただの娯楽品、という酔狂さを佐伯も気に入ってくれた。ふたりの間で交わされた、形のあるものといえばそれだけだった。引き払う時、佐伯はこれも置いていって圭輔に使わせるだろうか。

「——ねえ、一束の番よ」

「ごめん」

ぼんやりしていて、自分の順番に気づかなかった。山から一枚取り、手持ちと見比べる。あまり麻雀は強くない。佐伯は、必要な局面では安い手でもどんどん和了《あが》って決して損をしないし、美蘭は大きな一発を狙《ねら》うのが好きで、ぼろ負けすることもあればどかんと逆転することもある。いちばんギャンブルらしく満喫しているのは彼女かもしれない。

一束は、一度こうしようと思ったらひとつの組み合わせを完成させるのに固執して切り換えられなくなる。後で、自分や他人の捨て牌を見た時にあそこであすればよかった、こうすればよかったと気づくのだ。全部が後手後手で、取り返しがつかない。

「……一束ってば！」

今度は牌を捨てることを失念していた。そんな調子だから当然最下位で、しかし半荘きりの勝負だったから大火傷《やけど》はしなくてすんだ。

「一束はいつもよりさらに調子が悪そうだから、この辺にしといてあげる」

抜かりなく集金した後、美蘭が携帯を取り出し、家に迎えをよこすよう頼んだ。ヒルサイド・エスカレーターは一方通行で、朝の数時間は下り、その後は上り専用になるので帰りの足がない。

「中環の駅まで送るけど」

美蘭は圭輔に尋ねたが、「いや、大丈夫」と圭輔はきっぱり断った。初めて来たくせに、何が大丈夫なのだろうか。まっすぐ坂を下れば迷子になるということはないけれど。

「一束は？」

「僕もいい」

乗せていってほしいのは山々だが、佐伯と圭輔をふたりきりでここに残すと思うと心配だった。麻雀の間も至って平穏なムードだったが、あてにはできない。

それでも、すこしだけ外の空気が吸いたかったので、美蘭を下まで送る口実に一緒に出た。マンションを出たところで車を待ちながら美蘭が「ほんとにいいの？」と訊く。

「車」

「先輩だけ残してくっていうのも、変だろ」

「そう？　佐伯さんだって弓削さんの〝先輩〟でしょ。おかしくないわよ」

「そりゃそうかもしれないけど」

一束が言葉を濁していると、美蘭はタイミングを計るようにちらちら視線を合わせて「一束は弓削さんにすればいいのに」と言った。

「何だよそれは！」

「大きな声出さないで。何よ、そんなに怒るようなこと？」

「怒るよ。君は僕を男狂いか何かだと思ってるのか？」

「思ってないわよ。でも、佐伯さんと入れ替わりにあの人が来たのって、やっぱりそういう、巡り合わせなんじゃない？」

「ばかばかしい」

「私は真剣よ、だからあなたもまじめに聞いてよ」

一束が取り合わないので、今度は美蘭のボリュームが上がってくる。

「佐伯さんみたいにずるい人より、弓削さんの方が合ってるのよ、あなたみたいなふらふらしてるタイプは――」

ふたりの間に、割り込むように影がひとつ伸びてきた。同時に振り返って沈黙する。

「……忘れ物」

圭輔が、美蘭の携帯電話を手に立っていた。

どうしよう？　と黙ったまま美蘭が目線で激しく訴えかけてくるので、逆に一束は落ち着いたものだった。おそれていることは、いざ現実となればいっそ人を平らかな気持ちにするものらしい。テスト前は憂うつだが、始まれば諦《あきら》めがつくのと同じに。

「はい、これ」

珍しく、怯《ひる》んだように硬直する美蘭の手に圭輔が携帯を持たせる。お門違いに、女の子に怒るような性格じゃなくてよかった。ヘッドライトが坂の下から近づいてくる。

「美蘭、車来たよ」

「一束……」

ごめんねって言いたい、でもここで言うのは、とたっぷり迷っているのがありありと分かる表情だった。一束は軽く肩を叩いて「行きな」と笑いかける。

「おやすみ」

美蘭は何度も振り返りながらもお抱えの運転手に促され車に乗り込んだ。音と光がすっかり消えてしまうと、互いの抱く気まずさだけがあらわになる。

「……今、何考えてる？」

口火を切ったのは圭輔のほうだった。

「一難去ってまた一難」

「はは」

力なく笑ってからたまりかねたように頭をがりがりかきむしって「あー！」と叫んだ。夜の高級住宅街にけっこう響き渡ったはずだ。

「確かにあのおっさん、煙草嫌いだけどさあ……」

ふう、と乱れた髪を直しもせずため息をつく。

「……佐伯さん？」

「はい」

「お前、佐伯さんと、」

「はい」

一束はむしろ進んで言った。わざとあけすけに。

「やってます」

「夢だったらいいのに」

「……佐伯さんが食事の時言ってたこと、分かりました？」

「何となく小馬鹿にされてる感じは。だから俺、ひょっとしたら昔お前に振られたことばれてんのかなって」

「言いませんよそんなの」

非常に心外だ。

「怒んなよ」

「先輩こそ口出ししないで下さいよ。誰とつき合っていようと先輩に迷惑かけるわけじゃない」

「お前な、分かってんのか？」

圭輔の声が一段、低く太くなった。

「あの人、結婚してんだぞ」

「知ってます。でもそれだって、赤の他人の先輩に責められる筋合いじゃない」

「……お前、そんなやつだったっけ」

「昔の話はもうたくさんだ！」

今度は一束が怒鳴った。

「どういうやつだろうと放っといて下さい。自分が最低なことぐらい分かってる。あの人に奥様がいるのも、あの人が奥様を誰より大切に思ってるのも。三日以上の休みが取れたらすぐさま日本に飛んで帰るのも。……どうせ再来週には香港を出て行く人だ、それでもう終わる」

ホンコンフラワーだった。互いが、互いの。本物じゃないから枯らさずにすむ塑膠花。

「だってお前、それじゃ」

「美蘭には『現地妻』って言われましたね。それならそれでいいんですよ。香港は狭すぎる。いくらあの人がずる賢くても、特定の女性をつくったりしたらすぐ駐在員ネットワークに引っかかってうわさが日本まで飛び火する。僕なら怪しまれない。勘違いしないで下さい。あの人を都合のいい相手にしてたのは僕だって同じだ。頭がよくて、深入りしてこなくて、絶対に僕をいちばんに思わないところが好きだった。ずるずる情を移して『離婚』なんて口走られた日にはこっちが夜逃げしてる」

一気にぶちまけると、興奮も相まって肩で息をした。そんな一束を、圭輔は初めて会う他人のように見ている。分かんね、と呟いた。

「お前の言ってることが、俺にはちっとも分からん。……日本語なのに、何でだろうな」

「簡単ですよ。合わないんでしょう」

一束は笑っていた。こんな時に笑える自分がふしぎだと思いながら。

「僕たちは嚙み合わないんだ」

否定も肯定もせず、圭輔は「帰るよ」とだけ言った。

「今部屋に戻ったら、あの人殴っちまいそうだ」

「さよなら」

一束の方が先に背を向けた。エレベーターで三十階まで上がりながら、佐伯がいなくなったらここの仕事は辞めようと思った。尖沙咀の部屋も出て行く。荷物もほとんどないし、しばらくはそれこそ重慶大厦にでも逗留《とうりゅう》すればいい。ひどい徒労感だった。思わず横の壁にもたれかかる。何で今さら出会ってしまったのか。もう一度駄目にするためか。また自分の手で。

今度は普通の、いい仕事相手として側にいられると思ったのに。百パーセントのうそを、守れなかった。

部屋に入ると佐伯が「弓削は」と尋ねる。

「帰りました」

「そうか」

すでに予想していて、でもどうでもいいというふうな軽すぎる返答だった。一束は投げやりに「ばれましたよ」と報《しら》せる。

「お前が言ったのか？」

「そうです」

「うそつけ」

まだ片付けていない雀牌を手の中でちゃりちゃり弄《もてあそ》ぶ。その硬質な音が、ひどく耳障りだった。

「あなたの悪趣味は知ってるつもりだった」

「俺の？　どこが」

「最たるものは俺と寝てるところ」

「お前のそういう性格が好きだよ」

「ごまかさないで下さい。……きょうのあれは、どういうつもりだったんですか」

「どうもこうも」

マットに牌を投げ出し、佐伯は一束に向き直った。

「年寄りだって嫉妬《しっと》ぐらいする」

「それこそ悪趣味な冗談ですね」

「どうして。嫉妬も起こらねえような相手とつき合うほどこっちも暇じゃねえよ」

それはうそじゃない、と思う。ただそれを、自分の内々の感情として処理するぐらいの遊び方は心得た男のはずだった。それで一束も、今まで一度も口にしなかった言葉を言った。

「既婚のあなたにそんな権利があるとでも？」

「ないね。でも言いてえよ。弓削とは許さん。少なくとも、俺が香港にいる間は。もうしばらくの間、ダブルブッキングを避けるぐらいの慈悲があってもいいだろ？」

こんなどろどろとしたやり取りを、佐伯とするなんて想像もしなかった。

「……ご自分が何を言っているのか分かってますか」

「もっと錯乱して喚《わめ》きたいぐらいだね。……ムカつくんだよ。あんなガキに取られると思うと」

はったりじゃない、憎悪に近いほどの鋭い眼光だった。どうしてそんなに。佐伯だって、圭輔を部下としてかわいがっていたのに。

「おかしい」

怯《おび》えを悟られないように突っぱねた。

「佐伯さんらしくない」

「お前に何が分かるよ」

「分かりません。あなたも俺を分からない。互いにそれをよしとして、今まで上手《うま》くやってきたじゃないですか」

今まではな、と佐伯が立ち上がる。そのまま近づいてきて一束の両肩をつかんだ。

「お前が、どこぞのお嬢ちゃんに惚《ほ》れて結婚しますってんならこんなこた思わねえよ。心から祝福するさ。でも弓削は、あいつだけは認めねえ」

「どうして」

その険しい表情に、肩に食い込む指の力に、動揺を隠せなくて声がふるえた。

「どうしてそんなに、あの人が」

「あいつが、俺より若くて健康で、階段を駆け上がってる最中の男だからだ。俺はそれを、踊り場から眺めてるしかないからだ」

おそらくそれは、恋なんかとは比べ物にならないほど深く激しい嫉妬だった。病室の窓から見える景色だけが、世界のすべてだった少年の。

「……先輩だっていつかそうなる」

「それを、十五も年下のお前が言うのか？」

ぞっとするほど根深いコンプレックス。どんな実績も評価も、生涯佐伯を満たすことはないのだろう。その痛みを、日本にいる伴侶《はんりょ》だけが正しく理解しているのに違いない。少なくとも一束は、佐伯の空洞に投げかける言葉を持たなかった。

佐伯は一束の肩に額《ひたい》をつけ、吐息のような透き通った笑い声を洩《も》らした。

「佐伯さん」

「まさか、最後の最後で修羅場になるとはな」

顔を上げて、眼鏡のずれを直した時にはもういつもの雰囲気だった。結局、一束の返答を待たない。それは強さなのか弱さなのか。

「悪いが帰ってくれるか。そろそろ荷造り始めねえとな」

「……分かりました」

「タクシー呼ぶか」

「いえ、歩いて帰ります」

「そうか」

きつい坂を延々と下り、圭輔がきた最初の日、一緒に行った翠華茶廳に行った。深夜でも客は多く、明るい店内はにぎやかなおしゃべりの声で沸いている。

熱奶茶《イッナイチャー》（ホットミルクティー）を飲むと、温かさと濃い甘さにほっとして、張り詰めていた心のたがが大きくゆるみ、わけの分からない涙が出そうになって歯を食いしばった。ここにいる誰とも面識のない自分がひどくよるべのない存在に思えた。「本当にごめんなさい。大丈夫？」という美蘭のメールに「気にしないで」と短く返信して電源を切る。ちいさな端末で人とつながるのはいっそうわびしさを募らせるから。

周囲に満ちているのは、母語といってもいいはずの広東語なのに、まったくなじみのない外国語の中にぽつんと置き去られた気持ちで、一束は自分が今、ホームシックになっているらしいと気づいた。胸がふさがる息苦しい寂しさ。実家からの、何の変哲もない眺めが懐かしくてたまらなかった。たとえば秋になると紅葉した街路樹や、冬の寒い日に、煙突から真っ白にむくむく立ち込めていた水蒸気、時々水で薄めたようにはかなくなる空、桜の花。日本にいて香港を思う時の比じゃなかった。日本が恋しくなるなんて、初めてだ。

帰ろう、と思った。朝いちばんの飛行機で。そう何度も言い聞かせることで、やっと感情の波を鎮めることができた。

何度か飲み物のお代わりをして、四時過ぎまで粘るとタクシーで尖沙咀に戻った。どうせ長くはいられないから、所持品はパスポートと財布だけでいいぐらいだ。気持ちは急《せ》くのに身体は強烈な眠気を訴え、ともすればベッドに倒れ込んでしまいそうだったので、シャワーを浴びる。全身をつめたい水に打たせている最中に、玄関のドアが立て続けにノックされるのが聞こえた。無視していると「一束！」と日本語で呼ばれて冷水より心臓に悪い思いをさせられる。

「一束！　いるんだろ？」

会いたくない相手に居留守も使えない安普請を心底恨んだ。

「一束！」

いらいらとシャワーを止めると腰にバスタオルを巻き、もう一枚を肩から引っ掛けてびしょ濡れのまま狭い部屋を縦断する。

ドアを開けながら思わず「漕《フォウ》！（うるさい）」と言っていた。相手もつられて「唔好意思《モウイーシー》（ごめん）」と謝る。どこまでも素直な男だ。

「……近所迷惑ですよ、こんな時間に」

とりあえず部屋の中へ入れ、努めてよそよそしく尋ねた。

「何かご用ですか」

「訊きたいことがある」

「何ですか」

「何で佐伯さんなんだ？」

「記者根性ですか、それは」

「個人的に」

関係ない、と断っても帰りそうにない迫力があった。一束は「ハイヒール」と短く答える。

「ハイヒールの、シャンパン」


三年前、新しい支局長が来ると聞いても興味も期待もわかなかった。ただ、今より悪くなるってことだけはないだろう、という冷めた予測があったぐらいで。

外報一筋で、日常会話程度を含めれば十以上の言語を操るという男に実際会っても、特段の印象はない。向こうも「ああよろしく」と面倒そうに一言よこしてきただけだった。

新旧支局長の歓送迎会が近隣支局と合同で行われ、紅一点の美蘭が抜けると集団は当然のようにその手の店に流れた。毎回これだよとうんざりしながらひたすらに時間が過ぎるのを待っていると。

——おい、鳥羽！

ろれつの回っていない声に呼びかけられて顔を上げると、もうじき日本に帰る男がらんらんと血走った目でにらみつけていた。

——お前にはずいぶん世話になったよ。まあ、飲め。

突き出されたのは、安っぽい、銀色のてかてかした片方だけのハイヒールで、かすかに発泡する液体が中で揺れていた。

——いいシャンパンだよ、遠慮すんな。

美蘭がいたら、誰よりも先に怒り狂って罵倒《ばとう》しただろう。でも一束も、その周りも、片方裸足《はだし》の女も、しんと黙りこくった。来たばかりの男だけが我関せずで、テーブルでいちばん美人のホステスにタガログ語で何かささやいている。

——さあ。飲めよ。

すれすれに近づけられて、しかしそのものに対する嫌悪より、目の前の上司への軽べつが遥《はる》かに勝った。どこかで自分はこいつの気に障ることをしたのだろうが、それを一度も真っ向から主張してくることはなく、陰湿に疎んじられるだけだった。その集大成が今だ。くだらないにも程がある。

だから一束は、おそらく初めて、愛想笑いというものをした。

——ありがとうございます、いただきます。

手を伸ばしたが、寸前で引ったくられた。

あ、という暇もなかった。

——乾杯《グンバイ》。

今の今まで女と膝《ひざ》を寄せ合っていた後任の上司が、ためらいもなくかかとの部分に口をつけ、ひと息に中身をあおった。高い、短い悲鳴が上がる。

何も残っていないことを示すように靴をさかさまにすると、金色のしずくが一滴、一束のジーンズの裾《すそ》に飛んだ。

——このへんにしときましょう。

唇を拭っていびつに笑うと——それが彼の癖なのだと後に知ることになる——靴をグラスにされてしまったホステスに一〇〇〇HKDのチップを握らせた。飲ませた側はもはや酔いのかけらもなく顔面蒼白《そうはく》になっている。そのようすで、同じ「支局長」とはいえ社内的なランクはずいぶん違うらしいと知れた。

気まずい雰囲気のままそこでお開きとなり、一束はさっさと歩いていくやせた背中を追いかける。

——待って下さい、あの——佐伯さん。

名前を呼ぶと、ようやく振り返った。

——あん？

——先ほどは、どうもありがとうございました。

頭を下げたが、「余計なことしやがってってツラだな」と一笑に付された。結構な量を飲んでいたはずなのに眼鏡の奥の目は乾き、冷えている。行ったことはないが、夜の砂漠を思わせる荒涼が宿っていて、すこし寒気がした。

——そんなこと。

——思ってるさ、お前は。それぐらいやってやるよって。実際飲む気だったろ？　あそこでぺこぺこ頭下げて「すいません勘弁して下さい」って下手《したて》に出られるやつならこっちも割って入らねえよ。分かるか？

——分かりません。

馬鹿かてめえ、と容赦なく詰《なじ》られた。しかし、ややとげのある雰囲気とは裏腹に後を引かない、明朗な怒り方だった。

——そこで意地張ったら、相手も引っ込みがつかなくなる。そうすりゃ要求はエスカレートするだろうが。突っ張りどころ間違えてんだよ。他人の面子を立ててやるってことを覚えろ。中国人相手にも商売すんなら尚更だ。

一言も言い返せなかった。でも知り合って間もない男に負けを認めるのは悔しくて唇を引き結んでいると、佐伯は急にふっと表情をゆるめ「ま、元凶はうちの社員だ」と肩をすくめた。

——悪いな。日本に帰っても地方版の編集で、要は左遷だからやさぐれてんだよ。だからって若いスタッフに当たっていいわけないが、俺に免じて許してくれねえか。よかったら飲み直そう、お詫びにおごるよ。

やられた、と思った。人の面子を立てる、というのをさらりと実践されてしまっては、ふてくされようもない。

——すみませんでした。感謝します。

そう、素直に伝えるとすこし驚いたように一束を見つめ、「名前、何だっけか」と尋ねた。

——鳥羽です。

——下の名前だよ。

——一束、です。

佐伯はいつか、と味わうように復唱してから流暢《りゅうちょう》な広東語で「有一日《ヤウヤッジャ》（いつか）？」と口にする。

——お上手ですね。

——一夜漬けだよ。サラリーマンなんだから転任先の予習ぐらいするさ。

突貫とは思えない発音だった。語学に関して飛び抜けた才能のある人間を何人か知っているが、間違いなく佐伯もそのひとりだった。彼らはさまざまな言葉に触れるほど基本的な構造や法則の把握に長《た》け、習得を早めていく。

——……いい名前だ。

前にもそれを、誰かに言われたような気がした。でもそれが誰だったのか、その時の一束はどうしても思い出せなかった。


「先輩に分かってもらおうなんて思ってない」

話し終えてもじっと動かない圭輔を威嚇するようににらむ。

「僕は、あの人が好きだ」

圭輔の目元にさっと赤みが差し、うなるように「そんなもんが何だ」と言った。

「ハイヒールにシャンパンがどうした。それぐらい俺だって一気するよ。ブーツにウイスキーだろうが、スリッパにビールだろうが、何でも飲んでやるから今すぐ持ってこい」

「そういう問題じゃないでしょう」

「じゃあ何だよ？」

声を荒らげ、こぶしで壁を叩く。幸いその向こうは階段だ。

「俺だって——お前が困ってたら。たまたまその時、佐伯さんが側にいただけじゃないか」

「たまたま側にいる人を好きになるものでしょう。……誰だって」

「だったら！」

髪の先からしずくが流れて濡れる頬を挟んだ手は予想に反してつめたかった。水のようだった。自分の言葉で傷ついたせいだと思った。

「……どうして俺じゃ駄目だったんだ。一束」

「そんなこと……」

今さら、と頭を打ち振って逃れようとする。圭輔はそれを許さない。

「……先輩だって、今は恋人がいるでしょう。いつまでも昔の思い出にしがみついて悪いとは思わないんですか」

「別れたよ」

「うそだ」

「うそじゃない。向こうも転勤上等の仕事だったから、俺が海外に行くって決まった時、話し合って別れた。まだ続いてるようなこと言ったのは、そのほうがお前が安心すると思ったからだ」

うそだ、と一束は頑《かたく》なに繰り返す。

「何でだよ」

「この間、電話、してたじゃないか、関西弁で」

とても親しげに。

「え？」

圭輔は一瞬考え込んで、「妹だよ」と答える。

「この馬鹿」

「先輩に言われたくない」

「気にしてた？」

「してません」

「してたって言え」

指の力は、頬骨をへこませるかと思うほど強かった。

「嫉妬したって、言えよ一束。俺の百分の一でも」

「いやだ」

「一束、聞いてくれ。お前につき合ってるやつがいるって聞いて、悔しかったけど、嬉しかった。俺のしたことが、妙なトラウマになってやしないかって、それをずっと心配してたから。一束が誰かを好きになって、幸せなら俺は喜ばなきゃいけないって。……でもあの人なら話は別だ」

佐伯と同じことを言う。

「何で同じ男で、佐伯さんはよくて……。俺は、俺は昔、うぬぼれかもしんないけど、お前に好かれてるって思ってた」

「……昔のことは、昔のことだ」

水分が肌から蒸発するたびに体温を奪っていく。なのに心臓だけはあぶられたように身体の中で熱を放っていた。

「だったら今の俺を見てくれ。佐伯さんが日本に帰ったら別れるって言ったのが強がりじゃないなら。好きだ。十三年間、ずっと一束のことだけ思い続けてたって言ったらうそだ。でも一束ほど好きになった相手はいなかったし、また会えて、やっぱり好きだった」

次々と、叩き付けるような告白に、渾身《こんしん》の力で圭輔の両手を振りほどいた。心の容量がいっぱいになって、叫び出しそうで怖かった。

「一束」

圭輔の目には怯えがあった。一束が、十三年前と同じ答えを返すんじゃないかと、恐れている。昔自分がつけた傷は、まだ残っている。あの時だって怖かったはずなのだ。一束が気づかなかっただけで。だって圭輔はたかが十八だった。十五の自分の目には何でもできるように見えていても、幼い、無力な。

一束は、肩に掛けたタオルを取って床に落とした。

「一束？」

「これ、分かりますか」

胸の中心にある、皮膚と色の違う線を指でなぞってみせた。

「傷……？」

「手術の痕です」

「心臓、とか？」

おっかなびっくり、そろりと踏み込んでくるのは、身体にメスを入れた経験がないからだろう。

「そんな大層なものじゃありません」

一束はうっすらと笑って「漏斗胸《ろうときょう》って知ってます？」と尋ねる。

「いや。すまん」

謝らなくてもいいのに。

「真ん中の胸骨がすこしへこんで、胸の間が陥没するんです。生まれつきで。小さい頃はそんなに気にならなかったけど、中三のあたりからえぐれがひどくなって……正直、見られたもんじゃやなかった」

圭輔は吸い寄せられるように手術痕《こん》を見つめている。色んなことに、思い当たっているのだろう。昔の一束が、ぶかぶかの服しか着なかったこと。体育の授業に出なかったこと。

素肌に触れられそうになって、激しく抵抗したこと。

「別に身体機能には支障ないし、手術すれば治るんです。親も受けさせたがってた。でも僕は、気にならないそぶりをしていた。おかしいでしょう？　こだわっているのは明らかなのに、見た目だけの問題を思い悩んで手術を受けるっていうのは、あの頃の僕にとってとても恥ずかしいことに思えた。いっそ、何かの不都合があればそれを口実にできたのに」

そんな、と途方に暮れたように圭輔は呟く。

「考えすぎだよ」

「そうですね。今となっては僕だってそう思う。笑い話だ。でもあの頃、そんなふうに考えるのは無理だった」

頭でっかちの、ちっぽけな世界に生きる子どもには。

「見られたくなかった。知られたくもなかった。……先輩には、特に」

「ばかやろう」

やりきれなくてたまらないというような、声。

「俺はそんなこと」

「気にしなかったって？　そんなの、手術する前の僕の身体を見てないから言える」

「俺はそんなに信用できない人間だったか？」

「信用とかいうことじゃない！」

じれったくて、とうとう狭い空間に響き渡る音量で叫んだ。

「先輩には分からない。あんなに、誰が見たって、欠点がひとつもないきれいな身体を、無防備にさらしてた人には。思い出すたび自分の欠陥がこの上なく醜く思えたんだ」

「そんなこと言うな！」

「でもそうだった！」

顎から滴《したた》ったしずくが、傷痕をなぞるようにひとすじ胸を伝った。自分の頬が水じゃない水で濡れているのに気づいた。

「死んだ方がましだって……ほんのすこしでも、幻滅されたらって、思ったら、耐えられなかった。誤解されて会えなくなって、元も子もないって分かってても……だって俺は、ほんとうに、死ぬほどあなたが好きだった」

圭輔が一束を抱き締めた。強く。今度こそ、手を離さないと決めたみたいに。

「泣くな。泣くな――ごめんな。あの時、ちゃんと話をすればよかった。諦めなきゃよかった。臆病《おくびょう》だった」

そこで突然、妙なことを思い出した。それはおかしな記憶で、涙がぴたりと止まる。

「先輩」

「うん？」

「俺、昔、『臆病風ってどんな風ですか』って先輩に訊いたこと、ありましたよね」

「……そうだったっけ？」

「はい」

「そうか」

かすかにこぼれた笑みは唇に吸い取られた。そのまま、ねぶるように濃厚に愛撫《あいぶ》された。

歯列をうすく開けば、さらにこじ開けてくる舌は焼けた鉄みたいに感じられた。弾力がない。こんなところも、興奮でかたくなるのだろうか。

貪《むさぼ》られながら、そのやり方に、過去の、一度きりのキスを重ねる。やがて現在と混じり合い、ここが同じ、ここが違うと考えるのも難しくなった。唇を、舌を、唾液《だえき》を求められ、奪われながら、一束はぎりぎり残った理性で踏みとどまろうとする。

「先輩——先輩、駄目です」

叶《かな》わずに埋められたままだった望みは、発掘されてしまうと一束を尻込《しりご》みさせる。手に入らないから変質しないでいたのだ。圭輔と、ほんとうに一線越えてしまうのは怖かった。

「いやだ」

言い捨てて、圭輔は一束の唇に嚙みついた。血がにじむかと思うほど強く。圭輔の歯の間で、ごり、と肉が密に圧される音が確かにして、でも捕食されるようなその痛みも恐怖も、一束を陶酔させた。

「いやだよ。我慢できない。十三年も待った。これ以上、一秒もいやだ。一束、もう俺」

生々しい欲情は伝わってくるのに、圭輔の声はどこか泣きそうだった。今じゃなきゃ死ぬ、みたいな、頑是ない、切ない性欲だった。二十八歳の自分が、十八歳の圭輔に懇願されているような錯覚を覚えた。

不安と昂揚《こうよう》がぐるぐるとらせんになり、身体を巻き込んでねじり、溶かしてしまう。膝が笑い出しそうになって、ずるずると崩れ落ちるようにベッドに横たえられた。圭輔の四肢が天蓋《てんがい》みたいに覆いかぶさってきた時、粗末な寝床の耐荷重量をまず考えた。

「あっ……！」

真っ先に、胸の手術痕にくちづけられる。自分の指で触れても違和感を覚えないほどには古いそれが、突然息を吹き返したように激しく疼《うず》いた。痛みではなく、甘い官能で。そっと押し当てるだけの、遠慮がちといっていい唇の動きに対して膚《はだ》の反応はあまりにも過敏で、一束はうろたえる。

「や、なに、こんな——」

「一束？」

頭を打ち振ると圭輔が体勢を変えて宥《なだ》めるように前髪をかき上げた。両脚の間に膝が入ってきて、当人の確固たる意図はなくともそれがぐっと中心をこすった瞬間に達してしまった。

「い、やっ……ああっ……！」

突然で、そして快感が大きすぎて視界ががくがく揺れた。全身が引きつり、しゃくり上げるけいれんのような射精だった。じわ、とタオルにしみる感覚が、粗相をしたような羞恥《しゅうち》を催させた。何のごまかしもきかない。うすい胸を圭輔の下で大きく上下させる。

「……大丈夫か？」

悪気がないのは分かるが、こんな時に気遣われるといたたまれず、でも逃げ場もないから圭輔の二の腕を殴った。

「いて」

「もうやだ！」

「一束」

「いやだ、こんなの……」

「どってことないよ」

それがまた、あっけらかんとした口ぶりでますます恥ずかしくなった。

「適当なこと言わないでください」

「何で？　だって、ほら」

圭輔はためらいなく一束の手を取り、自分の下腹部に触れさせる。いつ弾けてもおかしくないぐらい、そこはかたちを変えてたぎっていた。同じ男なのに、びくっと引っ込めてしまったほどだ。

目を合わせることもできなくなって、浅いひび割れのあちこち這《は》う壁に顔ごと向けると今度は怒ったように「当たり前だろ」と言われた。

「好きなんだよ。好きだったんだよ。教室で襲うぐらい」

「先輩」

「……頼むから、拒まないでくれ」

腰回りの布を剝がれ、自分が出したものを指に掬《すく》われても動けなかった。

「あ……っ」

ぬめりが身体の奥に触れて、下敷きになっているタオルを握り締めた。

「ここで、してた？」

こくりと頷くと、指先が入ってくる。そろりとした侵入だったが、圭輔は怒っている。乱暴にしてしまいたい、でもどういう拍子に傷つけてしまうか分からない、女の身体じゃないから、そういう気持ちの揺れが、手に取るように分かった。

「んっ……あ、」

性器が気持ちよくなるのは誰だって同じだが、こっちは違う。なかを探る指で感じることは、別の男との行為をさらけ出すに等しかった。いっそ痛いまましてくれるほうがいいのに。

「あ、あ、あっ」

敏感な箇所はすぐに悟られて、執拗《しつよう》に擦《こす》られた。限りなくゼロに近い防音性を危ぶみ、手で口をふさごうとしたら強引に引き剝がされる。

「や、先輩、声」

「いい」

「だめ」

「聞かせろ」

横柄なようで、やっぱりどこかが必死だった。

「——あ！」

両膝を広げさせられて、圭輔がベルトを外すと背中一面そそけだった。今、大きく口を開けたら喉から心臓が覗いているんじゃないかと思う。

無理を強いる充溢《じゅういつ》のはずなのに、身体はとても悦《よろこ》んで圭輔を呑み込もうとした。正直、では済まされないみだらな動きに誘われるまま挿入を果たした圭輔が「おかしくなりそうだ」と眉間《みけん》に深いしわを寄せた。

「めっちゃ気持ちいい、けど、腹立つ」

一束ははっとしたけれど、本人は訛《なま》りが出てしまったことなど気づいてもいないようだった。次の言葉はもういつもの標準語に戻っている。

「あのおっさん、まじで殺したくなってくる」

「先輩」

「分かってる。責めてるんじゃない、でもどうしようもないんだ」

「ああ……っ、あ、あっ」

その、どうしようもなさ、をぶつけるように突き上げられてたまらず喘《あえ》いだ。

「とっくに俺のものになってたはずなのにって——こんな男の、どこが『いいやつ』なんだ」

「や……」

背中に縋ると、肩甲骨や背筋のカーブが恋しくてたまらなかった。

「誰にも渡したくない」

「あっ、ん」

力強く律動されると、声を殺す、どころか絞ることもできず、目の前の肩を噛む。

「一束——」

「……んん！」

圭輔が中で迸《ほとばし》らせた瞬間、口の中に血の味が広がった。


いつの間にか眠り込んでいたらしい。圭輔はいなくて、電気は消えていた。部屋が暗い。ただ日当たりの問題で常にこうだから、時間の予測がつかなかった。机の上に置いた腕時計を見るためベッドを這い出すと、時計の下に一枚のメモがちぎってあった。

『緊急の呼び出しがあったので行きます。よく眠っているので起こさないことにしました。帰ったらまた。圭』

走り書きの筆跡で、急いでいたらしいことが分かる。圭輔だけで大丈夫な取材なのだろうか。美蘭がついているのかもしれない。でもそれより「帰ったらまた」という一文のほうが一束には重大だった。

話をしよう、という意味だろう。そうすると佐伯ともあんな曖昧《あいまい》のままでなく、きっちり決着をつけなければならない。圭輔とこうなってしまえば、佐伯は何も言わないだろう。ゆうべのような本心を、もう一切洩らすまい。だからこそ「俺が香港にいる間は」という言葉を思い出すと、約束を破ってしまったようで心苦しかった。圭輔を、まぶしく眺めながら憎んだ佐伯の気持ちがよく分かる。到底及ばないにしろ、一束も似たようなゆがみを抱えていたから。

時計の針は夕方を指していた。今までのこと、これからのことをつらつらと考えていたらまた抗いがたい睡魔がやってきて、一束はベッドにうずくまるようにして目を閉じた。


次に目が覚めたら一晩経っていて、寝足りたというよりは空腹で起きた。シャワーを浴び、セブンイレブンで新聞をいくつか買っていつもの茶餐廳に行く。

香港の新聞はぶ厚い。スポーツ紙と週刊誌も合体したようなつくりなので、ワイドショー的な事件も、芸能人のゴシップも満載だ。その日のトップは女資産家が裸で殺されて、友人の男が失踪しているというニュースだった。先輩、まさかこれを追っかけろって言われてないだろうな。

三文魚三文治《サンマンユーサンマンジー》（サーモンのサンドイッチ）をかじりながら拾い読みしていたが、国際面で手が止まった。

「セルドナ王国で国王暗殺」の見出し。その下には、物々しい戦車の写真。

急いで中身に目を走らせる。軍政の残党と通じていた王族の一人が晩餐会《ばんさん》の席で国王を射殺、王宮は武装組織に占拠され、市街地のあちこちでゲリラと正規軍、民衆が激突……。

事件はおとといの夜、となっていた。ならちょうどまる一日前、きのうの早朝に圭輔が召集されたのはこれ絡みではないのか。香港から飛べば直行便で約二時間、研修中の圭輔はまだ自由の利く身だし、何より一度現地を経験している。

急いで携帯を取り出し、美蘭にかけた。翠華茶廳でメールを打った後電源を切っていたことを失念していて、まず「何してたのよ」と叱られた。

『何度もかけたのに。心配してたのよ』

「ごめん。訊きたいことがあるんだ」

『弓削さんのこと？』

電話の向こうの声が沈んで、一束は自分の予感が的中していることをほぼ確信した。

「……セルドナに行った？」

『ええ。あなた何も聞いてないの？』

「うん」

『佐伯さんもずいぶん薄情ね。……それとも配慮してるつもりなのかしら』

落ち着いて聞いて、と前置きする。

『現地の混乱は思った以上だそうよ。飛行機が着いたのは確かだけど、どうやら消息がつかめなくなったみたい』

「……それで？」

手が小刻みにふるえた。携帯をぎゅっと握り直す。

『分からないわ。インフラが寸断されてるから、単に携帯を失くすか落とすかして、連絡できないだけかもしれないし……』

言葉を濁した、その後の可能性は考えたくなかった。

「……佐伯さんは？」

『本社とずっとやり取りしてる。ひそひそ声で話すからよく聞き取れないし、殺気立っててとてもじゃないけど詳しく訊けないわ』

「行方不明者として報道したりは？」

『まだ様子見みたい。山岳地帯には過激な武装ゲリラもいるの。万が一そういう連中に拘束されたら、素性が知れると却《かえ》って危険だわ』

確かに、日本の大手メディアの記者なんて、格好の取引材料だろう。

『媽媽《ママ》の局のクルーも現地に行ってるの。弓削さんのことは伝えてある。もし会ったら連絡するように言ってって』

「ありがとう」

『一束……大丈夫？』

「うん」

大丈夫であろうとなかろうと、一束にできるのは無事を祈りながらただ待つことだけだった。それは別に、大丈夫じゃなくてもできる。佐伯から応援の要請もないということは、支局自体の人手は足りているのだろう。

圭輔の残したメモを折りたたんで財布にしまい、仕事に出かけた。圭輔は、圭輔のやるべきことをしに行ったのだから、自分もそうしなくてはと思った。日本の女性誌の依頼で黄《ウォン》大仙《ダイシン》の占い師の通訳や、一日観光のモデルコースの構成を淡々とこなした。「帰ってきたら」という字だけが支えだった。

食べて飲むことはかろうじて義務的にできても、夜は一睡もできなかった。美蘭はまめに連絡をくれたが状況は変わらず、報道を見る限り現地の騒乱は一進一退だった。首都と住宅地を結ぶ橋が爆破されたり、散発的な銃撃戦はあるものの、今のところ、外国人の死者は出ていなかった。それでも飲食店のテレビで、特派員が銃声をバックにリポートしている光景を目にすると箸が手から滑り落ちそうになる。

何度も開くうち、鉛筆の書き置きはかすれ、薄れていって、まるで不吉な暗示のように思え、一束はそれを見られなくなった。これが消えてしまったら、圭輔も——ばかばかしいと分かっていても、怖くなった。

圭輔が消息を絶ってから、四日経った。

朝かけてきた電話で、美蘭は「このままだと、不明記事を載せなくちゃならないみたい」と暗い声で教えてくれた。

——ご家族にはもう伝えてあるらしいんだけど、あまり公にしないでいると、会社の不祥事隠しみたいになっちゃうからって。

——そう。

——一束、ねえ、ちゃんと食べて寝てるの？　よかったらうちに来ない？

——大丈夫。大丈夫だから。

もはや、安心させるためでなく引き下がらせるため機械的に発する言葉に過ぎなかった。

気持ちはありがたかったが、圭輔が好きだと言った尖沙咀の、この古いアパート以外の場所で待つことは考えられなかった。

「鳥羽《ニウジー》!」

夕方、ネイザンロードを自宅に向かって歩いていると、同じ屋根の下の知り合いに声をかけられた。頭がぼんやりして動きはどうしても鈍くなる。ゆっくり振り返ると、『何だその顔』とぎょっとされた。

『病気か? 目の下真っ黒だぞ』

『いや』

大丈夫、ともはや条件反射で頷く。

『そういやお前の隣の上司、最近見ないな。元気にしてるのか?』

『……ああ』

『忙しいだろうけど今度、また飯でも食いに行こうって言っといてくれよ』

『え?』

意外な台詞に、干からびた頭の一部が反応する。

『たまたま一階で一緒になったんだ。十日ぐらい前かな? あいつが誘ってきてさ。片言の広東語で。まあ俺も暇だったし』

面白いやつだよな、と思い出し笑いする。

『広東語も英語も全然へったくそなのに、熱心に俺の話聞くんだ』

『話って、どんな?』

『大したことじゃない。うちのじいさんは国民党の兵士だったとか、親父は山東省から密航して香港にきたとか。そういうのって日本人には珍しいのか？　街市の野菜売りのばあさんに一日くっついてた時もあったらしいし、変わってるけど、嫌いじゃないよああいうやつ』

よろしく言っといてくれ、と昼夜問わずネオンの光る雑踏に紛れていく背中を見送ると、一束は走り出していた。寝不足のせいでめまいがしたが構わなかった。駆け出さずにはいられなかった。

圭輔が自分に、手を振ってくれた時のように。

嬉しかった。圭輔が、圭輔らしいやり方で「香港」にアプローチしていたこと。この街と人を、懸命に分かろうとしていたこと。この街の人間が、圭輔を覚えていたこと。

会いたい。話したい。

先輩。

マンション一階の、集合ポスト。圭輔の部屋のボックスに取り付けられた錠のダイヤルをそっと合わせる。きっとこの番号。

1、9、9、7。

かちりと戒めは外れた。そして案の定、ガムテープで鍵が留めてある。あんなにやめろって言ったのに。

不法侵入は重々承知だが、話を聞いたら我慢できなくなった。何でもいい、圭輔の痕跡に触れたかった。階段を足早に上がり、鍵を使って中に入る。

コールマンの寝袋と、大きなスーツケースがふたつ。これがたんすであり、物入れでもあるようだ。どう見たって仮住まいの体《てい》なのに、キッチンにはちゃんと片手鍋とフライパン、いくつかの調味料が置いてあるのがおかしかった。

寝袋の、頭の側に置いてあった写真立てを手に取る。赤い首輪をした柴犬が写っている。犬なのに、満面の笑みとしかいいようのない表情で、一束は、圭輔がいなくなってから初めて頬をゆるめた。仔犬《こいぬ》の時を見たかったな、と残念に思う。きっともっとかわいかっただろう。

「——殺士《サッセイ》（殺してやる）！」

派手な金切り声と食器の割れる音が飛び込んできて、びくっと写真立てを取り落とした。恒例の夫婦げんかが始まっただけだが、今の精神状態で聞くのは堪《こた》える単語だった。ばくばく鳴る心臓をなだめながら床に膝をつく。フレームの裏側の留め金が壊れてぱかりと蓋が開いてしまった。それもよくない兆候のようで、いちいちそんなふうに悲観的な自分に腹が立った。

はめ直そうとすると、写真の裏にもう一枚、何かが挟まっていることに気づく。やや黄ばんだ紙。

教科書の切れっぱしだった。印刷された活字に混じって、ずっと昔に一束の書いた字が。

A is less than or equal to B.
a is an element of the set A.

a is in A.

ぎりぎり判読できる、消えかかった筆跡。圭輔が囲んだ丸。そこから四月の、教科書のインクの匂いや、ほこりっぽい旧校舎の三年一組の匂いや、一緒に過ごした時間が立ち昇ってくるようだった。

何だよ、と呟いた。

「何だよもう、馬鹿……」

涙は、全身でこらえた。泣くのは今じゃない。

携帯で、迷わず支局にかけた。

『鳥羽か。何だ』

佐伯の声もさすがに疲弊して聞こえた。しかし一束はあいさつもなく切り出した。

「今すぐ僕を解雇して下さい」

『やぶから棒に何をぬかす』

「お願いします。明光ともあなたとも無関係にしておいて下さい。そうしないと迷惑がかかるかもしれない」

『……お前まさか、弓削を探しに行くとか言うんじゃないだろうな』

「行きます」

『落ち着け』

「もう決めました」

『国中しっちゃかめっちゃかだぞ。どうやって会う気だ。いくら小さい国ったってやみくもに歩いてバッタリ会えるなんて思ってねえだろうな』

「会える」

一束は言った。

「会いたい時には会えるようになってる……そう、あの人が言った」

十三年かかったけれど、二度目があったのだから。必ず三度目をたぐり寄せてみせる。

『お前はもうちょっと現実的なやつだと思ってた』

苛立った口調で佐伯が言う。

『夢見がちは好きにすりゃいいが、この状況で渡航許可が下りると思ってんのか？　飛行機なんざ飛んでねえよ』

『うそよ！』

割って入ったのは美蘭の声だった。「おい」という佐伯の制止はやや遠く聞こえて、彼女が受話器を強奪したことが察せられた。

『まだあっちに残ってる中国人を帰国させるためのチャーター機が香港から飛ぶわ。一束、空港に行って待ってて。私が爸爸《パパ》に話をつける。あなたを乗せて、入国できるようにしてもらう』

『美蘭！　余計なこと言うな！』

『一束の思う通りにしたらいい。半分死んだような声を聞くよりずっといい。私はあなたの朋友《ともだち》だから。一束』

「――うん」

『加油《ガーヤウ》（がんばって）』

「多謝《ドーチェ》」

電話を切って、一度、深呼吸して感謝を噛み締めた。佐伯にも。

立ち上がり、玄関のドアノブに手をかけようとすると、触れてないうちから目の前でくるりと回る。

「……一束？」

開いたドアの隙間から、圭輔の顔が覗いていた。

「焦ったー」

圭輔はちょっとそこまで行ってきました、とでも言わんばかりののんきな声と表情だった。でもポロシャツも、肩からかけたカメラバッグもあちこち泥のようなものがこびりついている。

「ポスト、開いてるし鍵失くなってるし、やべ、泥棒かって思って……一束でよかった。ところで何してんの？」

「馬鹿！」

一声、叫んだらもうあとは言葉にならなかった。裸足で外に飛び出し、体当たりするように抱きついた。

「……你真係《ネイザンハイ》蠢嘅啫《チョンケチェ》（ほんとうに馬鹿だ）」

「――一束、俺、着替えてないからくさいかも。風呂は大使館で使わせてもらったんだけど……」

温かい腕に背を支えられて、今度こそ耐えきれずに大声で泣いた。

「……ごめんな」

呆気に取られたように戸惑いがちだった腕が、やがてしっかりと一束を抱き締める。夫婦げんかのやり取りはいつの間にかやんでいる。ただいま、と圭輔が言った。

〈セルドナ王国取材時におけるトラブルについての顛末書《てんまつ》〉

二〇一〇年十月二十九日早朝、セルドナ王国（以下セ国）政変の報を聞き、佐伯支局長の指示で現地に向かいました。十一時発の飛行機で香港を発ち、十三時（現地時間同）、セ国空港へ到着、事前に連絡していた現地ガイドのスン氏とともに市街地に赴きました。

しかし首都近郊は市民による投石、クーデター軍による発砲などで大変混乱しており、人が入り乱れてどちらがどちらかも分からず、もみくちゃにされました。取材は不可能と判断し、一旦車への退却を試みましたが既にフロントガラスは粉砕され、計器類も一部破損、運転不能となっておりましたので、厚意によりスン氏の自宅へ一時避難しました。

そこで携帯電話、及び私物財布、及び社費一万米ドルを盗まれていたことに気づきました。スン氏も同様の被害に遭っていたため通信手段はなく、更にその夜、首都へつながる橋が爆破されたため、孤立した状況となりました。二日現地に留まった後、丘陵地帯を迂回して日本大使館に保護を求め、香港へ戻った次第です。

会社に対し多大なる損害を与え、また関係各所に御心配・御迷惑をおかけしたことを深く反省しております。また一切は私自身の不注意から起こったことであり、スン氏には何らの過失がなかったことをここに明記致します。

二〇一〇年十一月三日

東京本社外報部所属　取材記者　弓削圭輔

どうやら一束が思っている十倍ぐらい、佐伯は悪趣味だった。

『まだ怒ってんのか？』

「とても」

圭輔の無事の報せも、帰途についた報せも、香港に到着した報せも、一束が電話した時点で把握していたはずなのに。言おうと思ったんだよ、とは佐伯の弁明だ。

『お前が珍しく取り乱して先走ってっから、つい興味ぶかく聞き入ってるうちに言いにくくなっちまったんだなこれが』

「僕がほんとうにあのまま空港に向かってたらどうするつもりだったんですか。美蘭の父親にまで動いてもらうところでしたよ」

『そりゃ、途中で会えただろ。だってお前が言ったんだぜ』

発言を逆手に取られてしまった。人の悪い笑顔が目に浮かぶようだ。

「美蘭にも謝って下さい」

『あー美蘭ね、ぶち切れて一言もしゃべってくれねえよ。反抗期の娘がいる父親ってこんな気持ちか』

「知りません」

冷淡に流した。

『何だよ。支局じゃなくてアパートに帰ってやれってあいつに助言したのは俺だぞ。このぶんだと送別会もしてもらえねえ空気だな』

「そうですね」

『孤独だ』

もうすこし演技しろと言いたくなる白々しさで嘆いてみせてから「飛行機、そろそろか？」と尋ねる。

「はい」

『じゃあ切る。きょうはもうこっちに顔出さなくていいって言っといてくれ。行ったり来たりで疲れてるだろ』

「分かりました」

『一束』

それは今まで聞いたことのない、優しい呼びかけだった。

『……元気でな』

声のトーンが違った。あまりに短くさりげない、けれど確かに別れの言葉だった。

「佐伯さん――」

そしてもう切られている。らしすぎて、苦笑するしかない。あなたこそ、とかありがとうございました、なんて望んでやしないのだろう。

香港からまたすぐ東京に発ち、顛末書を出してこってりしぼられた圭輔がもうすぐ戻ってくる。大失敗はあったものの、本人的には前よりいい記事が書けたらしい。

けれど日本では国会のゴタゴタや政治家のスキャンダルに紙面が割かれ、半分以下の量に圧縮された文章と、一段ぶんの写真が載っただけだった。

まあこんなもんだよ、としょげるでもなく電話で笑っていた。焦る必要はないのだ。まだ、階段を駆け上がっている途中だから。上るだろう。圭輔らしい足取りで。世界の、色んな都市で、村で、時には戦地で。あなたがどこへ行こうとここで待っていると言ったら、どんな返事をくれるのだろう。

それより先に、「好きです」って伝えなきゃ。

到着ゲートからすこしずつ、人が流れてくる。あの中に圭輔がいる。一束は無意識につま先立ちになる。

目が合ったら、いつかそうしてもらったように、笑って、大きく手を振るつもりだった。

is in me

香港では、大人でもお年玉をもらえる習慣があるらしい、とは、いつどこで仕入れた知識だったのか。一束《いっか》経由ではなかったような気がする。

「ああ、礼是《ライシ》のこと」

美蘭《メイラン》が仕事の手を止めて頷《うなず》いた。

「日本みたいに大金もらえないわよ。相場は二十HKD《ホンコンドル》ね。縁起物だから」

「それって、クリスマスプレゼントみたいに皆で交換し合うの？」

だったらプラマイゼロになってしまう。そんなのお年玉じゃない。

「基本的には、既婚者から未婚者。でも関係なくなってきてるかな。上司から部下とか、マンションの管理人さんにとか……」

「へー、じゃあ美蘭が結婚したら俺、もらえんだ」

障害の多い恋愛を諦《あきら》めてようやく親から持ち込まれた見合い話を進行させている美蘭は

「のんきでいいわね」とため息をついた。

「実際面倒でやってられないわよ。正月前の忙しい時に新札たくさん用意してせっせと袋に詰めて……銀行のATMなんか長蛇の列。既婚だからって同い年の友達に礼是もらうのは複雑な気分だし」

「ふーん」

しょせんよそ者で、まだ知己もほとんどいない圭輔《けいすけ》にその煩わしさというのはよく分からない。しかし曲がりなりにも部下を抱える身、自分もこの風習に乗っかっていいわけだ。

「旧正月って来月の頭だっけ。じゃあ俺も準備しとこ。美蘭と一束に渡さなきゃ」

「一束は毎年この時期って日本に戻ってるけど」

「え、そうなの？　寒がりなのに」

「礼是もらうの苦手みたい。正月って家族の行事だし、お店や銀行も閉まっちゃうの。そんな時にひとりでいてもね」

「そっか。じゃあ俺も大阪帰ろっかな」

支局も、よほどの大事件がない限り休みでいいと言われているし、赴任以来、慌ただしく顚末書《てんまつ》を出しに行った時しか日本の地を踏んでいない。それもとんぼ返りで親に顔を見せる暇すらなかった。

「あなた、東京の人じゃなかったの？」

「もともと大阪。実家も今そっちに引っ越してるから」

東京のマンションは海外転勤が決まってから引き払ったので、今帰国するとなれば身を寄せるところはひとつしかない。

「じゃあ別に、一束と一緒に帰れるわけじゃないのね」

「そうなるかな」

こっちで近くにいるんだし、里帰りまで連れ立ってっていうのは、圭輔としてはやぶさかではないけど、一束がどう思うか。

「……まあ、あっちにも予定があるだろ。大阪本社ビル、去年新しくなったの見たいし」

「ふーん」

美蘭は圭輔の心中など見通したふうに相づちを打つと小声で言った。

「ひとりで東京なんて行かせて、焼けぼっくいに火がつかなきゃいいけど」

「高度な日本語で人を不安がらせようとすんなよ！」

「あらごめんなさい、聞こえてた？」

ぎりぎり聞こえる音量だと分かっていたくせに。

「ばかばかしい……ありえないよ」

「どうして？」

美蘭はネイルの光る指先を唇に押し当てている。大声で笑いたくってたまらないようだ。

そう、単に遊ばれてるだけと分かってはいる。

「会わないし連絡も取らないって一束が言ったんだから、それ疑ったら駄目だろ」

あのふたりの間で、どういう話し合いが持たれたのか圭輔は知らない。本心は知りたくてたまらないに決まっているが、そこは自分が立ち入ってはいけない領域だと思った。

——佐伯《さえき》さんとはもう別れました。あの人が日本に帰ったら、この先会うことも連絡を取ることもありません。

圭輔がやるべきは、詮索《せんさく》じゃなくて信じることだったから。一束の言葉を。

しかしそんな決意を「甘いわ」と美蘭はちりのように吹き飛ばしてしまう。

「会わないって決めてたって会っちゃう時があるから怖いんじゃないの？　劇的な再会が自分たちだけのものだと思わないほうがいいわよ。一束って、一途なのかそうでもないのか分からないところがあるし」

「……俺さ、中学ん時ビビアン・スーが好きだったんだよね」

香港じゃなくて台湾だけど。

「それが何？」

「あの、いつまでたってもたどたどしい日本語がかわいかったんだけど、誰かさんの流暢《りゅうちょう》かつ残酷な語学力を目《ま》の当たりにするとあれは何だったのかなーって」

「私にかわいげがないって言いたいわけね」

「いやいやそんなめっそうもない」

「じゃあかわいげなく言わせて頂くと、さっき見せてもらったメールの文面ひどいわよ。何でも自分でチャレンジする精神は買うけどね、『東方日報《ドンフォンリーバオ》』には知り合いも勤めてるんだから私まで恥をかくわ。赤線入れて返信するから直してまた見せて」

「……すいません」

「あと、きょう美容院の予約入れてるから残業はしないわよ。急いでね」

「はい」

どっちが部下なんだか、意趣返しにも倍返しをされてしまった。しかし、さっそく送られてきた添削のいちばん末節には日本語で「冗談が過ぎたわ、気にしないで」と追伸があったりする。文章だって「直して送っておく」と言わずに、圭輔の気がすむまでつき合ってくれる。佐伯がいた頃より仕事量は格段に増え、忙しい忙しいと怒りはしても、前任者と比べるような発言は絶対にしない。性格も暮らし向きも全然違うのに、一束が彼女と仲良くする理由が分かるようになった。一束が好きなものを自分も好きになれるのは嬉《うれ》しい。

「あ、そうだ、あした以降でいいんだけど、ちょっと街頭取材手伝ってくれないか」

「何の？」

「こないださ、天安門事件のリーダーが香港に入れなかったろ。行政府が中国政府に配慮したってことなんだろうけど、市民がどう思ってるのか知りたい」

そして、香港から見た天安門、というアプローチで何か新しい視点が得られそうなら長めの記事を一本、じっくり書いてみるつもりだった。日本では政治、経済、社会、運動……と記者のセクションは細かく分かれているが、海外支局ではそのすべてを守備範囲にしなければならない。語学は言うまでもなく、一から学ぶ課題は山積みで、でも紙面に載るか載らないかを別にすれば、デスクにお伺いを立てる必要もなく自分の興味と裁量で動いていい。その面白さを、やっと分かり始めていた。

「手伝うも何も私がやるわよ。街の声集めればいいんでしょ」

「いいんだ。一緒に行くよ」

「ほんと物好きね」

呆《あき》れつつ顔は笑っていた。

一束がこの子を好きな理由は、分かる。

彼女は、一束の選択を分かってくれているだろうか。

——佐伯さんみたいにずるい人より、弓削《ゆげ》さんの方が合ってるのよ。

あの発言は今思うと結構嬉しい。でも変わらずにそう思っているんだろうか。

「ちょっと、何ぼけっとしてるのよ。早くメール直しなさいってば」

「はい、ただいま」

その晩、持ち帰りの原稿を打ちながら――香港迪士尼樂園《ディズニーランド》の去年の業績について――一束と電話で話した。

「『明けましておめでとう』ってこっちじゃ何て言うの？」

『「恭喜發財《コンヘイファッチョイ》」――直訳すると、お金が儲《もう》かりますように、ってとこですね』

「さすが香港……」

報道資料と記事を見比べ、数字の間違いがないか入念にチェックしてから写真を添え、東京本社にメールで送る。これで後は、近々の紙面に空きが出るのを祈るばかりだ。もっとも今は、紙からあぶれたネタでもＷｅｂで拾ってもらえるから、没でも全くの徒労というわけじゃない。

さて。

精神を落ち着かせ、一束に悟られないよう深呼吸をひとつしてから「あのさ」と切り出す。

「旧正月、日本に帰るんだよな」

『はい』

「それって、何か用事あんの？」

『いえ、別に。こっちが正月の間は過ごしにくいから避難してるようなもので、特に仕事も入ってないですし』

「えっと、じゃあさ、もし、もしよかったらでいいんだけど、一緒に、俺んち行かないかなって」

『え？』

「俺んちっていうか、実家、今大阪なんだけど、三年前に引っ越して、いや、でも深刻な意図はなくて単に宿代わりってことで、一束大阪来たことある？　初めてだったら案内するし、えーと、犬、犬もいるし」

未だに犬しかセールスポイントがないのか、俺は。電話の向こうで一束は沈黙している。顔が見えないと何を考えているのかさっぱりだ。会っている時でさえ表情にも声にも波が表れないタイプなのに。

自分について、割と図太い性格だと思っていたが、緊張のあまり部屋の中をぐるぐる回遊していた。受験の時も、入社試験の最終面接の結果を待つ時も、これほどそわそわしなかった。たかだか、短い休暇に誘うだけで。一束が、自分を傷つけない断り方を必死に考えているんじゃないだろうかなんて暗い想像までしてしまう。

引かれたかな。引くよな。そりゃ実家はな。冗談だよ気にすんなって今言ってもするよな。余計なこと言うんじゃなかった。己の軽挙を軽く後悔しかけた時、一束がようやく口を開いた。

『ご迷惑じゃないでしょうか』

「え、何で」

『せっかく実家に帰るのに、余計な人間がくっついてたら水入らずできないいんじゃないかと思って』

これは遠回しなお断りなのか、単なる遠慮なのか。一瞬悩んで圭輔は、後者に賭《か》けた。

「え、そんなの全然平気、うちの家族、人が来んの好きだから、喜ぶよ」

また短い沈黙があって、一束は「本当にお邪魔でないなら」とおずおず応じた。

「うん、それは大丈夫。お前こそ無理してない？　俺が押し切っちゃってない？」

『いいえ。楽しみです』

まじで？　と念を押そうとしたら「犬に会えるのが」とくっついてきた。やっぱ犬かよ。

日程と、飛行機のチケットの相談を大まかにしてから「おやすみ」と電話を切る。安堵と興奮の両方を感じながら窓辺に立てば、中環《セントラル》から維多利亞港《ヴィクトリアハーバー》、対岸の九龍《ガウロン》まで一望できる。香港のネオンは、過剰なのに静かだ。点滅が少ない。新宿や、大阪ならミナミの、光る虫が高速で夜を這《は》うようなめまぐるしさを想像していたので意外だった。啓徳《カイタック》空港が市街地にあった当時、空港の誘導灯と間違えて危険だからという理由でネオンは静止を余儀なくされたらしい。その名残《なごり》が今もある。

それにしてもこの眺めにはまだ慣れない。もともと高層階に住むのが好きじゃないし、百万ドルの夜景は分不相応に過ぎる。ほんとうは尖沙咀《チムサーチョイ》の、一束の隣に住み続けたかった。でも保険の問題なんかを考えると、本社に打診するだけ無駄なのは分かっていた。

窓ガラスに、背後のダイニングセットが映り込んでいる。その隣のソファも、佐伯が置いていったものだ。カーテン、家電も然《しか》り。逆に圭輔が入居した時なくなっていたのはベッドだ。フローリングの床の一部分だけが四角く日焼けせずに残っていて一目瞭然《いちもくりょうぜん》だった。

プライベートすぎる家具だから、佐伯が大した意図なく処分したとも考えられる。でももしかしたら、圭輔に気を遣ったのかもしれない。そう思ったら腹が立った。さりとてそのまま残されていても、窓から投げ捨てたいぐらいの不愉快を催したのは確実だ。

引っ越した夜、ベッドのあった場所に寝転んで、一束はどれくらいここで佐伯とセックスしたのだろうかと下世話な憶測をせずにはいられなかった。滞在約三年、つき合った期間を二年半としたら、週一回と仮定しても……百回越えてる。まだ一度も一束をここに招いていない。お互い気まずくなって黙り込んでしまうような気がする。だから、半ば勢いで抱いてからおよそ二カ月、何も深いことはなかった。だってしたい気持ちはあっても場所が。わざわざホテルを取るのは、あの部屋が気に入らないと一束に突きつけるようで憚《はばか》られた。

ちっせー男、と何度繰り返したか分からない自嘲《じちょう》を、はるか眼下の、光の海へと投げ捨てる。

十三年だ。その間、圭輔だって複数の女の子と関係を持ったし、中には結婚を意識した相手もいた。たとえばそれを今、一束に責められてもどうしようもない。だからいつまでも昔の男にこだわるのはよろしくない。

頭では分かっているのに、実際は、あんな美蘭の冗談ひとつに過剰反応してしまって、東京に行かせないよう誘った。これからだって、仕事で何度でも出向くところだろうに。そのたびいちいち佐伯の影にひやひやするつもりか。

こういう気持ちは初めてで、どうしたらいいのか分からなかった。一緒に、年月を重ねれば消えてくれるだろうか、こんな出口のない焦燥は。


関西空港行きのキャセイ便は満席だった。旧正月の三が日を挟んで一週間ほどが正月休み、これは日本と同じ。帰省や旅行で人々が大移動するのも然り。

「一束、ほんとに実家に顔出さなくてよかったのか？」

「はい。どうせろくなこと言われないし」

「ろくなことって？」

毛布を腰の後ろにあてがいながら一束は答えた。

「日本と香港、どちらかに落ち着いて働けって。不定期にあっち行きこっち行きっていう、遊牧民みたいな生活がどうも気に入らないみたいです」

「心配なんだろ」

「いい年なのに？」

「いくつになったってさ」

香港《カントン》にいると、バイリンガルやトライリンガルは珍しくないので失念しがちだが、日英中と広東語を不自由なく操れる一束はやはりすごいと思う。特に今、北京《ペキン》語の需要は世界中で高まる一方だ。その気になればもっと安定した実入りのいい仕事に就けるだろうに、本人は「面倒なの嫌いなんで」の一言で済ませてしまう。人の顔色を窺《うかが》いながら働くのも競争に巻き込まれるのもフォーマルな服装を要求されるのも。こうも金銭や衣食住への執着が薄ければ心配にもなるだろう、と一束の両親に同情する。

そして、やっかみ半分に語られる艶聞《えんぶん》の割に、その手の脂っこさを一切感じさせなかった佐伯を思い出す。むしろ色ごとなんて嫌悪していそうにさえ見えた。今にして思えばあの淡泊な雰囲気、がとてもふたりは似ていた。だから互いに惹《ひ》かれ合ったのだろうかなんて、またよくない想像を湧《わ》き上がらせかけて眉間《みけん》にしわを寄せる。

「……先輩？」

一束が顔をくもらせる。

「ひょっとして酔いました？」

「え？　あ、いやいや、違う違う」

自分は多分にぜいたくだ。紆余《うよ》曲折はあっても、ずっと忘れられなかった相手と再び出会えて、手に入れて、こうして隣で飛行機に乗れて、もっと幸せを嚙《か》み締めていいはずなのだ。

気持ちを切り替えるためイヤホンをはめ、映画をスタートさせる。どうやらあまり深く考えずに済みそうな、ハリウッドのアクション物らしい。

しばらく視聴し、圭輔はイヤホンを一旦外すと一束に「これいい」と伝えた。

「面白いんですか？」

「台詞が英語で、字幕広東語だから、両方足すと何とか意味分かんの。パズルみたいに。すごい勉強になる感じ」

「休みの時までそんなこと考えて」

一束はおかしそうに笑った。

一束が好きでいてくれる自分、というのはこんな面なんだろうなと思う。前向きで明るい男。そうじゃないとは言わないがすべてでもない。そして、その真裏の部分が露呈したらどうなってしまうんだろうと怖い。そんなわけがないと頭では理解しているのに、ばれた瞬間夢が終わって、一束と会う前の生活に戻ってしまいそうな、非現実的にして生々しい不安に陥る。たとえばたったひとつの約束を守れなかったために、近しい人間を喪《うしな》ってしまうおとぎ話のように。

裸を見られたくないがためにあんなにも激しく圭輔を拒絶した一束の気持ちが、今は分かる。隠したかったのは胸の内側のコンプレックスや卑屈さや嫉妬や。

誰だって。

「映画、見ないんですか」

「あ、うん」

一束一束、と顔を寄せて耳打ちする。

「つくづく好みの顔だなーって思って、見とれてた」

一束はその顔をみるみるしかめて「今年で三十二なんだからそういうのやめましょうよ」とたしなめる。

「三十二は関係ねーよ！」

「俺、寝ます」

宣言すると腕組みして目を閉じ、おおよそ五分後には完全に寝ついているようだった。枕が変わったら眠れないタイプに見えるのに、案外細かいことを気にしないのだった。そっと自分の毛布をかけてやる。

一束はいつも、天気でいうと薄ぐもりだ。雲越しのやわらかい陽光のように、喜びや楽しさを表す時は控え目で、怒りや悲しみはぎりぎりまで溜《た》め込む。そして重く垂れ込めすぎて抱えていられなくなったらひと息にどしゃ降りの雨として吐き出す。小出し、のない激しさに、物静かな平素とのギャップに、たまらなく摑《つか》まれてしまった。

関空からJRの快速で大阪駅まで出て、私鉄に乗り換える。府内の北部にある実家まではおおよそ一時間半。午前の便で香港を発って、着いた頃には日が暮れかかっていた。香港との気温差に軽く身ぶるいする。そうだ、冬ってこうだった。

あそこ、と自宅の一ブロック手前から指差して教えると、一束は「大きい」と驚いた。

「いや、大きくはないんだよ、入ったら分かるけど」

「え？」

「いやまあ、おいおい」

「おいおいって目の前ですよ」

圭輔は聞こえないふりをして門扉を押し開けた。塀のすぐ内側にある犬小屋の前で愛犬が一声吠える。

「ただいま、みかん」

頭を撫《な》でてやると気持ちよさそうに目を閉じる。もう年なので、昔のように狂喜して飛びついてくることはなくなった。ひとしきり再会のあいさつを済ませてから後ろにいる一束を手招いた。

「じいさんだし、大人しいから大丈夫だよ」

おそるおそる寄ってきた一束がしゃがみ込むと、犬は小さな頭をぽてりと膝《ひざ》の上に載せた。丸い目が雄弁に「撫でろ撫でろ」と訴えている。

一束は嬉しそうに目を細めて耳の後ろや、首の両脇《わき》を愛でる。

「……な、大丈夫だろ」

むしろこの警戒心のなさと図々しさ、飼い主としてちょっと恥ずかしい。

「みかんっていうんですか？」

「うん、うちに来た時、もっとオレンジ色してたから。ちっこくて丸くて。今はすっかりふてぶてしくなっちゃったけど」

「そんなことないです」

熱心に毛並みをととのえながら「すごくかわいい」と呟《つぶや》いた。常にないその、うっとり甘い口調にこっちがちょっとときめいてしまった。

あー、お前がかわいい。やっぱ連れてきてよかった。

「名前、先輩がつけたんですか？」

「いや、妹。この時間だとまだ仕事行ってるけど」

玄関のドアを開けると、小さなかたまりがふたつ、矢のように圭輔めがけて突進してくる。

「けーちゃん！」

「お帰りー！」

どしっと受け止めた子どもの身体は、去年の夏休みに会った時よりずいぶんと成長していた。六歳と四歳。変わるはずだ。

「ただいま。ママおるか？」

「うん」

「けーちゃん、お土産《みやげ》はー？」

「後で後で。ここ呼んできて」

「はーい」

二組の足音がどたどた階段を上がっていく。しまった、さっそくうるさいところを見せてしまった。軽く面食らった表情の一束に「甥《おい》っ子なんだ」と言う。

「ああ、妹さんの……」

「いや、弟の」

「え？」

「お義兄《にい》さん、お帰りなさい」

子どもたちにまとわりつかれながら、弟の妻が階段を下りてくる。

「何や、元気そうでよかった。色々あったみたいやから、もっとやつれてるんかと」

「頑丈だけが取り柄やし」

「それがいちばんですよ。うちの人、きょう休みなんで、今お義父《とう》さんたちと一緒に買い出し行ってます。お義兄さん帰ってくるから今夜はかにすきする言うて――……そちらが、お友達の方？」

「あ、うん」

「鳥羽《とば》と申します。初めまして。この度は図々しくお世話になります」

「いえいえそんな、どうぞ。飛行機疲れたでしょ」

「けーちゃん、Ｗｉｉしよ！」

「Ｗｉｉはご飯の後」

廊下で一束が「先輩」と小声で尋ねた。

「先輩の家って、何人家族なんですか」

「え、だから、両親と、弟夫婦と、甥二人と」

「妹さん？」

「が、ふたり」

聞いてない、とはっきり顔に書いてある。

「……計九人」

「と、犬な」

「……大きくないっていうのは、そういうことですか」

「うん」

一階がリビングダイニングと両親の部屋、二階は弟家族の住居、三階が圭輔と妹ふたり、それぞれの個室。建面積を構成人数で割ると至って普通。

「先に言って下さいよ、そういうことは」

「だって先に言うといやがって来ないと思って」

「何言ってんですか」

「お前んち核家族だろ」

大家族なんて聞くだに後ずさりしそうだった、本人の性格的にも。

「もう……」

ため息をつかれはしたが、回れ右して帰るようすは見せなかったので胸を撫で下ろした。


風呂から戻ってきた一束は、まだ十一時前なのに眠そうだった。家族総出であれこれと質問攻めにされたせいかもしれない。香港には何年ぐらいいてはるの？　ああ、そう、子どもの時に。へえ、英語もしゃべれるなんてえらいねぇ。うちの息子ちゃんと働いてますか？なぁなぁ、香港でもポケモンやってるん？

「疲れた？」

「すこしだけ。お風呂、各階にあるなんてすごいですね。やっぱり豪邸だ」

「弟の結婚式ハワイでやったんだけど、コンドミニアム借りたら、例えば3ベッドルームだと各部屋にバストイレついてるじゃん、あれがすごい便利で、全員気に入っちゃって」

もっとも、いっぺんに使うとどうしても水の出は悪くなるから、時間帯はなるべくかぶらないようにしている。

一束はベッドの横に敷いた布団の上に座ると半ば閉じかけた目で笑う。

「仕事の時以外で、こんなにぎやかな食事っていつ以来かな」

「にぎやかっつか、ちびがいると戦争だからな。うち、みんなうるせーし」

「明るくて楽しいですよ」

「ほんと？」

「はい」

「怒ってない？」

「怒ってないですってば」

「だって『どういうことだよ』って顔してたじゃん」

「そりゃ初耳でしたから」

困っただけですよ、とベッドに腰掛ける圭輔の膝を軽く叩《たた》いた。

「手土産の数が合わないと思って。お子さんがいるんなら相応のものを用意したかったし」

「いいよそんなの、気にしなくても」

「します。……ちょっとでも印象よくしたいと思うのって当たり前じゃないですか」

「あー……うん……」

後半、あからさまに照れて顔を背けるものだから圭輔も小声になってしまった。珍しいな、こういうことはっきり言うの。

「一束」

「何ですか」

「こっちこっち」

「何でですか」

「何でって訊《き》くなよ」

隣に来た身体は、まだ湯の熱を蓄えていつもよりほかほかしている。

「ぬくくて気持ちいい」

「風呂入ってきたらどうですか」

口調こそそっけないが、肩を抱き寄せると大人しく力を抜いて納まってきた。

「うん、後で」

一応自分の部屋、ではあるが独立してから建った家なので「住んだ」ことがない。でも一束とこうしてふたりでいるとひどく安心した、というか妙な達成感があった。テリトリーに

引き込んだ満足とでもいうのか。巣に獲物を持ち帰った動物の。するとやっぱり、あのマンションをまだ「自宅」と思っていないのだ、自分は。あそこは「かつて佐伯が住んでいた部屋」で。

「……先輩？」

いつの間にか指に力を込めてしまっていた。いけない。完全に暗い思考回路が開通しきっている。

「すごい」

切り替えるため、努めて明るく口に出す。

「一束が俺んちにいる」

「あ」

上体をひねり、腕をぐるりと背中に回してくちづける。ちょっとだけ、のつもりだったのに、一旦ぴったりくっつくと、気持ちよくて好きで、たちまち離れがたくなってしまった。さりげなく肩を押しのけようとする手に気づかないふりでどんどん体重をかけ、横並びから上下の体勢へ、そして本格的に舌を入れた瞬間とうとう頭を叩かれた。

「……何本気出してんですか、こんなとこで」

押し殺した声で一束が叱る。確かに壁一枚向こうからは妹が見ているテレビの音が聞こえてくる臨場感だけど。

「尖沙咀の部屋もこんな感じじゃない？」

「鍵はかかりますよ」

「分かってるよ、いくら何でも最後まではしないって」

「最初も困ります。大体、こういう住宅事情把握した上で呼んだのは先輩でしょう」

「……だから指一本触れるなって？」

「そんなこと言ってない」

一束は身をよじって強引に起き上がると、おもむろに手を伸ばした。圭輔の、ベルトのバックルに。

「ええ？　何だよ」

最初から最後まで駄目なんじゃなかったのか。

「だから、触れられるのは困りますけど……声とか……もし、もし先輩が我慢できないんだったら、手か口で」

「——いいよ！」

思わず大声を上げてしまった。慌てて声をひそめ「そんなこと考えなくていいから」と一束の手首を摑む。

「……俺、そんなに引かれるようなこと言いましたか」

「いや引くとかじゃなくて……やだよ、そんな『処理』させるみたいなのは」

「お互い、そういう気持ちじゃないことが分かってたらいいじゃないですか」

正論だ。正論だけど、無理。

「とにかくいい。ていうか今のでびっくりして落ち着いたから、下半身が。お騒がせしました」

風呂入ってくる、と着替えをかき集めてそそくさと部屋を出る。あーびっくりした。

動揺冷めやらぬうちに隣のドアが開いた。

「お兄、うっさい。何が『いいよ』なんか知らんけど、けんかせんときや」

「お前の部屋のテレビこそうっさい」

今度は心臓の方が鎮静しない。湯船に浸かって膝を抱えると、天井からの水滴がまっすぐうなじに落ちた。ぴと、と潔い勢いに、何かを怒られたような気がした。

気を遣わせておいてお断りするって、相当失礼だったかもしれない。でも困ったように軽く目を伏せた表情が昔のものと重なってしまって、十五歳の一束にさせるような気がしてうろたえた。空白の十三年間のイメージがないので、思い描く一束は現在か遠い過去だけなのだ。一束もそんなふうに感じて困る時があるのだろうか。

ゆらゆら浅くたゆたう水面《みなも》に映る貌《かお》はもちろん三十を過ぎた男のそれで、でも圭輔は自分の中身がまるで成長していないように思う。一束といると、いい顔をしたがるくせに本当はやきもきしてばかりで、時々気持ちだけが突っ走ってしまう、のぼせ上がった馬鹿な子どもみたいな気がする。

部屋に戻ると、電気は消えていた。一束を踏まないよう、ベッドと布団の間をそろそろと歩き、衣擦《きぬず》れの音に注意しながらシーツに滑り込んだ。

「……先輩」

目を閉じると、寝ているとばかり思っていた一束の手が、さらさら枕元を撫でた。半分ぐらい煮溶かされたような、ゆるゆるした声。

「うん？」

「おやすみなさい」

「……おやすみ」

軽く握手をした。肌は温かく、手探りでつなげる相手のいる幸福を思った。日本の、冬の闇の中で。


起きたら九時を回っていた。寝すぎた。一束の姿はなく、布団だけがきちんとたたまれていた。

一階に下りて朝刊を開く。四隅のぴしっとした、いかにも「最新のニュース詰まってます」という新聞も悪くないが、圭輔は誰かが読み終えた後の、端がふぞろいでふにゃっとだらしなくゆるんだ姿が好きだ。役目を果たしてくれたという感じがする。電車の網棚に忘れられているのなんか見ると、それがエロ夕刊紙でも持って帰りたくなってしまう。

　大阪制作の紙面に目を通すのは久しぶりだった。記事の組み方、見出しの付け方、企画ものや連載記事、同じ新聞でもずいぶん違う。特にローカルニュースを詳しく読んだ。府政、地方選、市内で相次ぐ不審火……。

「圭、それ切り抜かんとってよ」

　母が目聡《めざと》く注意する。

「もうみんな読んだやろ」

「あーかーん。小説まだ読んでへんねん。あんたきょうどうせ会社行くんやろ、いらん程あるやないの」

「あ、そうか。一束どこ行った？」

「庭でみかんと遊んでるわ」

　えらいひっそりした子ぉやな、と母は一束を評した。

「話しかけたら普通にしゃべる」

「口だけとちゃうやん。足音とか、食器使う音とか、全然立てへんなぁ思て」

「ああ……」

それはたぶん、プライバシーの限りなく無に近いアパートで暮らすうち身についた忍び方だろう。

「うちがやかましいせいもあんねやろけど、ストレス溜まるんちゃう？」

言うな、心配になるから。「たかだか三泊やろ」と軽く流しておいて、パジャマにフリースだけ羽織って庭に出る。

一束は寝そべるみかんの腹を撫でながら小声で何事か呟いている。

「一束」

「おはようございます」

「起こしてくれたらいいのに」

さすがに寒い。久しく忘れていた、氷の針山が肌を転がっていくような冬の朝の空気だった。

「よく寝てたから。朝ごはん、お先に頂きました。すいません」

「何時に起きた？」

「六時くらい。みかんの散歩に行かせてもらいました」

「えー？　あいつら、客を使いやがって……」

「俺が行きたいって言ったんです」

「今、何かしゃべってなかった？」

「……聞こえてました？」

ちょっとばつ悪そうに手を口元にやる。

「ある程度人間の言葉が分かってそうだったから、広東語でちょっと話しかけてみてました」

「……それで？」

「『何言ってんだか』って顔で聞いてますね」

真剣に残念そうな表情をするのでつい笑ってしまう。

「当たり前だろ」

「でも、標準語と関西弁は聞き取ってるでしょう？」

そりゃ、同じ日本語のバリエーションだから大差ないだろう。しかし一束は「イントネーションもアクセントも全然違う」と主張する。

「そういえば先輩、ほんとに、ご家族と話す時だけ変わりますね」

「うん、無意識に。人間の脳ってどうなってんだろな。変だろ？」

「いいえ。嬉しいです」

一束は圭輔を見上げて笑う。

「……もっと聞きたい」

そして、つっかけを履いた圭輔の素足に気づくと「風邪引きますよ」とそっと手のひらで覆う。ただ足に触られた、だけなのにみっともないほど心臓が騒いだ。この温《ぬく》もりの大半が飼い犬の体温だとしても。触れたくて触れられなかった、好きだと言っていやだと言われた、十八の自分が今もずっと成仏できないまま心にとどまっていて、だからこんなに焦がれるように思ってしまう。マッサージにご機嫌だったみかんはいきなり放置されて「わふっ」と抗議の声を上げたが、後にしなさい後に。

「先輩、きょう会社行くんでしたよね」

「うん、一時ぐらいに」

「そんな遅くていいんですか？」

「夕刊の降版——記事に校了かけて印刷に回すって意味だけど——がそれぐらいだから、終わってからじゃないとばたばたしてるんだ」

だから三時ぐらいに待ち合わせてどっか遊びに、という声が聞こえているのかいないのか、一束は話の途中からなぜか圭輔のつま先を注視している。

「一束？」

「足にもちゃんとついてる」

親指と人差し指の間を爪がくすぐるように触れて思わず「ひゃっ」と後ずさってしまう。

「こそば！」

「あ、すいません」

「なに、何がついてるって？」

「水かきです」

一束は自分の片手を広げてみせる。

「先輩の手、水泳やってたせいか水かきが大きくて」

「ああ、そうかな」

確かに皮膚の膜が、人より広いかもしれない。これは進化か退化か。

「俺、先輩の水かき、好きだったな」

何だってそんな微妙なパーツを、という疑問より気になったのは、また過去形で言われちゃったな、ということだ。

——死ぬほどあなたが好きだった。

それは単なる言葉のあやというもので、厳密に期間を限定している言い回しではもちろんない。

そんなのは分かっているから、気にするようなものじゃない。はずだ。

「先輩」

「……うん？」

「さっきの『こそば』って関西弁ですか」

「うん。こそばいとかこそばゆいとかこしょばいとか」

「くすぐったいっていう意味で？」

「そうそう」

　こそばい、と一束が圭輔の発音をまねて言う。

「違う違う、こそばい」

　そのちょっとした抑揚の強弱や位置を、圭輔は訂正する。いつも広東語で話す時一束がそうしてくれるみたいに。

「こそばい」

「あ、そんな感じ」

　一束は、その言葉自体がくすぐったいというように舌先を出したり引っ込めたりして笑った。

「先輩が言ってるほうがかわいい」

　どうしよう、と圭輔は軽く途方に暮れた。どんどん好きになる。重ねるんじゃなく、まっさらの、新しい恋を繰り返す気持ちで。もう失《な》くしたくない。


　新社屋は、改装工事中のＪＲ大阪駅の北側にある。総ガラス張りの二十五階建てのビルは、堂々たる、と評していいはずなのに、日頃香港で高層建築を見慣れているせいか妙に慎ましく感じられた。

　顔を出したところで、自分がいた当時から面子《メンツ》も変わっているし、取材記者は基本的にあちこちの記者クラブに詰めているので特定の誰かと会えるあてがあるわけじゃない。しかし「遊軍」と呼ばれる待機組に知った顔をいくつか見つけ、社内を案内してもらって社員食堂で昼を摂《と》った。

　その後、喫煙室で一服しながら誰それが今どこの支局だ、何部だという消息の話になり、「弓削の前って、あれか、佐伯部長か」という流れにもなった。

「あの人の後釜《あとがま》って大変やろ」

「……まあ全部初めてなんで、誰の後でも苦労はしてると思いますけど」

　つい慎重に言葉を選んでしまう。

「いや、逆に楽ちゃう？　凡人はあの人みたいにできへんから」

「それもそうか。どこの国行っても、一カ月おったら現地語でケンカできるようになるらしいからな。どういう頭してんねやろ」

　圭輔が東京に転勤した頃、佐伯は教育係の名目で一時社会部所属だった。多忙のデスクに代わって取材の要領を教えてくれたり原稿を見てくれたり。アメリカ大統領選の取材で一年かけて全米を駆けずり回り、就任演説の記事を出稿した直後に過労で入院していたという触れ込みの男は、最初ひどく取っつきにくかった。馬鹿騒ぎからも飲み会からも明確に一線引いて、常に怜悧な表情を崩さない。ただ仕事の指示はおそろしく的確だった。用語の使い方からてにをはに至るまで見るも無残に赤を入れられたが、一度だけ気まぐれに褒めてくれたことがある。

――お前の記事、へったくそだけど、自分を賢く見せようとか上手《うま》く書こうとか、そういう変な色気がねえのはいい。

――上手い方がいいんじゃないんですか。

――新聞記事は小説じゃねえよ。平易に明快に、中学生が読んで分かるように事実を書きゃあいいんだ。ただそれだけのこともできない馬鹿が多すぎる。いいか、記事に署名があるのは、俺が書きましたっていうご自慢のためじゃねえからな。いざって時に責任の所在を明らかにする、ただそれだけのためだ。

今でも鮮明に覚えているのは、すでに外報の名物だった男が青二才にかけてくれた言葉が嬉しく、その後も記者を続ける上での大きな指針になっているからだ。

何がいちばんいやって、はらわたが煮えくり返るほどむかつこうと、自分は佐伯を、心底嫌いにはなれない。

唇を薄く開いて煙をたなびかせていると、突然出入り口のガラス戸がばんっと叩かれた。いちばん近くにいた圭輔がびっくりして振り返れば、見覚えのある背中が立ち去るところで。

「……うっそお」

呆然《ぼうぜん》とする。割に反応は速かった。吸いさしを灰皿に押しつけて立ち上がる。

「弓削？」

「すいません、ちょっと」

小部屋を出て、エレベーターホールで追いついた。

「佐伯さん」

「おう、一万ドルの男。ヤニくせえからあんま寄るなよ」

まだ生傷の失敗を出会い頭に抉《えぐ》られて紛れもなく本物だと確信する。

「政情不安の国はカードも小切手も使えないから米ドルをたくさん持ってけって俺にアドバイスしてくれたのは佐伯さんですよ」

「そっくり草の根ODAに投じるなんて思わねえだろ。人が平穏無事に勤め上げようとしてたのに、最後の最後にやらかしてくれやがって」

恨み節は口先だけだと知っている。

「……でも、俺が返さなくてもいいようにはからってくれたのも佐伯さんですよね」

懲戒の意味も込めて、一部でも当人に負担させようという動きが社内であったことは聞いていたし、当然圭輔も覚悟していた。しかし結局佐伯が突っぱねたらしい。

「ありがとうございます」

頭を下げると「勘違いすんな」と迷惑そうに手で払う仕草をした。

「若い記者が萎縮しかねん前例作られたら外報全体が迷惑なんだよ。そんなに金が惜しけりゃ見栄張って海外支局なんか置くなって話だ。記事も写真も共同の配信使えば済むんだから。ついでに俺はてめえのそういうとこが嫌いだ」

たぶん最後のは、本心。佐伯が時々、ひどく陰うつな眼差《まなざ》しで自分を見るのを知っていた。それは足跡ひとつの乱れもない雪原のクレバスのように突然現れ、底なしの黒を細く長く覗《のぞ》かせる。佐伯は何かを憎んでいる。だがその理由が圭輔にはとうとう分からなかった。圭輔には佐伯こそが、妬《ねた》んでも妬みきれないほどすべてを持っている相手だった。頭も経験も実績も——一束も。

「佐伯さん、何で大阪にいるんですか」

「新社屋の見学会」

この男を避けるもくろみもあって大阪を選んだというのに、バッティングしてしまうとは。劇的な再会、という美蘭の言葉がいやでもよみがえってくる。いやいや考えすぎだよ、とやや無理のある笑顔をつくる。

「奇遇ですね」

「で、お前がひとりでここほっつき歩いてる間、鳥羽はどこで待ってるんだ？」

「え？」

「ああ、そのツラだと図星か。つまらん手に引っかかりやがって。……おい、何だその疑わしい目付きは。知らねえよ俺は。メールの一行もやり取りしてねえんだから」

何しろあいつ薄情でな、としれっと言われるとやっぱりかちんときた。

「ま、心配すんなよ」

「してません。それに俺は、別に連絡取るなとかも言ってないですし」

「はは」

「何ですか」

「余裕ある彼氏のふりも大変だなと思ってね」

やかましいわおっさん、て言うんだけどなー、上司じゃなかったらなー、今年三十二じゃなかったらなー。

「おいおい、物騒なこと考えんなよ」

佐伯は見透かした顔でアンバランスに笑ってみせると、言った。

「いちゃつく暇もなくどっか飛ばしてやろうか」

「きたねー！」

「管理職の楽しみなんかこれぐらいしかなくてな――お前もう帰んのか？」

「はい」

「じゃあ手短に仕事の話だ」

「あるんですか」

「雑談のためだけに呼ぶかよ。……オークションに出てたイギリスの退役空母を在英の中国人が競《せ》り落としたろ、当人が今度香港に来る。今取材の交渉してるとこだが決まればお前に行ってもらう。何訊くか考えとけ」

「確か、教材にするって言い分でしたよね。定年退職の空母に盗まれて困る技術があるんだったらそもそもオークションになんか出さないでしょう」

「どうだかな。軍事転用の可能性をイギリス側は入念に洗ってるらしい」

「そもそもEUって対中武器輸出は禁止ですよね」

「今の世界情勢鑑《かんが》みりゃ緩和の可能性もゼロじゃねえ。ロンドンと北京からもお前に状況メールするよう言ってあるから、せいぜいしっかり予習しとけよ」

「分かりました」

どうして日本にいながら特派員より早く情報収集と根回しができるのか謎《なぞ》だ。スタンドプレーに対する批判を、佐伯はいつもこうして結果で封じてきた。

いかにも神経質そうな指がエレベーターの上下ボタンを一緒に押した。上階行きが先にやってくる。

「佐伯さんは？」

「代表室で関経連の面々と懇談会。くだらん集まりだよ。代わってくれ」

「いやです」

「よし、春の異動、楽しみにしてろ」

「ちょっと！」

閉じていく扉の狭間《はざま》で、ネクタイを締め直す佐伯の表情は確かに半分死んだように退屈そうだった。香港ではあんな顔を見せたことがない。そう思ったら何だか胃のあたりが痛くなった。佐伯から決して取り上げてはいけないものを、他ならぬ自分が奪ってしまったような錯覚に。けれどそんな物思いを知られようものなら、ほんとうにとんでもない僻地《へきち》に派遣されかねない。

下りのエレベーターに乗り込んだ。


待ち合わせ場所は梅田のヨドバシカメラにした。駅から近くて分かりやすいのと、タイムラグが生じても退屈に待たせずに済むから。

時間ぴったりに入り口へと差しかかり、無事に一束を発見したがなぜかひとりではなかった。知らない男と何やら話し込んでいる。ポイントカードの勧誘かと思ったが、近づくと話し言葉が違う。日本人の耳には少々感情的に聞こえる、ピンインの響き。北京語だ。

「一束」

声をかけるとほっとした顔で「先輩、ちょうどよかった」。

「中国人旅行者なんですけど、大阪駅と新大阪駅を間違えたみたいで。あと三十分ぐらいで新幹線出ちゃうって」

「下手《へた》にタクシー使うより電車の方が確実だな。すぐそこだし、ＪＲの乗り場まで一緒に行こう」

一束が通訳すると、男は嬉しそうに何度も頷いた。

「これ、全部あんたの？」

足元に置いてあるいくつもの紙袋を指して尋ねると、「そうだ」というふうにまたこくり。大きな炊飯器の箱が覗いている。故郷への土産なのだろう。「持つよ」と断ってひとつずつ提げ、道路一本挟んだ大阪駅へ向かう。ホームまで付き添い、「この電車に乗って次の駅だ」と一束づてに言うと、ジャンパーの内側をあたふた探り、ボールペンと自分の手のひらを差し出して何かを要請し始めた。

何だ、サインか。誰かと間違えてないか。色々とそそっかしいおっちゃんだな。

一束も困惑しているようすだったので「どうした」と訊こうとしたら携帯が鳴る。さっきまでいた大阪本社、の社会部。

果てしなく悪い予感がしたが迅速に「はい」と応じる。ここでもたもたしたらそれだけで怒鳴られるので。

『すまん弓削、今人足らんねや。また不審火出たから応援に回ってくれ』

的中。しかしここで「今休みなんで」と言える人間は新聞記者になどなってはいけない。

「場所は？」

『天王寺』

ちらりと一束を窺うと、いつの間にかペンを持って男の手に何か書きつけていた。それも、とても満ち足りた笑顔で。

どういうことだ？　と思ったがかけ離れたジャンルの複数の情報を一度には処理できない。

「ちょうど駅にいるんでとりあえずＪＲに乗ります。詳しい住所はメールしてください」

『おう。腕章は、写真部のやつに持たすから現地で受け取ってくれ』

「分かりました」

電話を切るとちょうど京都方面行きが出るところで、一束は相変わらず楽しそうに扉の向こうの男に手を振っている。何を話していたか分からないので、歯がゆいったらない。

しかし今は社会人としての自分を優先させることにした。

「一束、ごめん」

「仕事ですか」

「うん、行かなきゃ」

「いえ。お気をつけて」

ちゃんと心得ている。一言の文句も、不満も洩《も》らさない。それが却《かえ》って物足りないなんて、自分勝手にも程がある。ああもう、情けない。環状線のホームに向かって駆け出した。


それからは散々だった。火事で子どもがひとり、重傷を負ったので顔写真《ガンクビ》を求めてあちこち訪ね回り、消防の会見を聞き、社に戻ってあれよあれよという間に朝刊の降版にまで立ち会ってしまった。午前一時過ぎ。一束からは一度「ひとりで適当にぶらぶらしてます。大丈夫ですからお気遣いなく」というメールが届いたが、返信できなかった。多忙のせいではなくて、「うち帰って大人しくしてろ」とか打ち込んでしまいそうだったから。みっともない。ゲラを確認する間も、慌ただしく出前のそばをかっ込んでいる間も、想像せずにいられなかった。

大阪駅でばったり出会う佐伯と一束。梅田の歩道橋でばったり出会う佐伯と一束。茶屋町の、新しくできた本屋で、道頓堀の極彩色のネオンの前で、御堂筋のでかいブランド店の前で——きりがない。

同じ日程で同じ土地にいるのは偶然、でももし何の仕込みもなく顔を合わせたら？　どこからが必然でどこからが運命だ？　俺は？

　別れました、と一束は言った。それは圭輔を選んだからであって、決して佐伯を嫌いになったわけではない。バトンタッチするかたちじゃなく、佐伯が今も香港にいたら一束の選択は違っていたのかもしれない。

「弓削、お疲れやったな」

　デスクに肩を叩かれた。

「これ、休日出勤つけていいんですよね」

「研修や研修。おかげで新社屋の段取り覚えたやろ？　これでいつこっちに戻ってきても大丈夫やな」

「断固請求します。ていうか俺もう帰りますんでタクチケもらっていいすか」

　何を言うてるんや、と一蹴《いっしゅう》された。

「新地行くぞ新地」

「や、帰りますまじで」

「そうかそうか、ほな一時間だけつき合え、な」

　それで済んだためしなんかないくせに。逸脱を競い合うようなマスコミ関係のどんちゃん騒ぎは、店や人に迷惑をかけない限り嫌いじゃないけどきょうだけは勘弁してほしい。なのに人がぞろぞろ集ってきて包囲されてしまう。

「ガールズバー行きましょうよ」

「アホ、前一時間で五万ぼられたやろ」

「十三《じゅうそう》のエステは？」

「あんま変なとこ通っとったらまた府警に『明光さんは元気ですなあ』ってイヤミ言われんぞ」

「おい弓削、早《は》よ来い」

本気でいやがる人間ほど本気で引きずっていくのだ、この連中は。かつてべろべろに潰《つぶ》されて出産に立ち会えず、離婚の危機に陥った同期を主輔は知っている。結局、上着と財布と携帯を強奪されて同行するはめになった。


ふらふらになって帰宅すると、母親がポストから朝刊を抜き取るところだった。

たったの数時間前に書き上げた記事がもうこうして「新聞」という活字になっている、というのは何度味わってもふしぎな感慨をもたらすが、さすがに今は浸る余裕もない。

「休みの時まで朝帰りて」

不本意な勤労（プラスアルファ）に駆り出された息子を労《いた》わるでもなく母はやれやれと嘆

息した。

「仕事や」

「あんたは仕事でええかしらんけど、お友達がかわいそやないの、ほったらかしで……。大阪、分かれへんねやろ？」

すでに骨身にしみまくっている負い目を、改めて第三者に突かれるとつらいものがあってつい不機嫌に返した。

「子どもとちゃうねんからひとりで何とでもなるやろ」

「はいはい……きょう、皆でＵＳＪ行くけど、あんたらどないすんの」

「行かへん」

「あしたの晩には帰るんやろ？　きょうぐらいちゃんとしたりなさいよ」

小言を背中に聞きながら「ちゃんと」って何やねんと内心で毒づく。事件が起こるなんて、人手が足りないなんて予見できたら本社には行かなかったし、佐伯の来訪を分かっていたら。別々に、過ごしたほうがよかったんだろうか。一緒にいてすれ違うぐらいなら、最初から離れて、また香港で会って、「どうだった？」って笑って話をして。そしてやっぱりあの部屋には招《よ》べずに。

とても会いたいのに、三階まで上がるのがひどくおっくうに感じられた。

「お帰りなさい」

まだ寝ているかと思ってそっとドアを開けたら、一束はちゃんと服を着て、圭輔のベッドに座り本を読んでいた。

「……ずっと起きてた？」

「さっきまで寝てました。徹夜は先輩でしょう。目が赤いですよ」

「うん」

コートと背広とネクタイをだらしなく床に投げ、一束の膝に突っ伏すようにうずくまる。

顔を見たら、あんな根拠のないもやもやはすぐ消えると思ったのに、喉《のど》にしつこく残る酒みたいにいやな感じは張りついたままだった。

「ごめんな」

「仕事じゃないですか」

「ん」

頭を優しく撫でられて、自分が犬になったみたいに思う。犬なら嫉妬もせずに済んだか。

「一束は何してた？」

「環状線に乗ってました」

「どこまで？」

「目的地はなくて、ぐるぐると。適当な駅で降りて散歩したり……あ、遠くから大阪城見ました。結構高台にあるんですね。城だから当然か。あと通天閣も」

「楽しかった？」

「はい」

　一束は迷わず答えた。

「香港じゃ地下鉄ばっかりだから。外は寒いけど、電車の中は暖かくて、窓越しに陽が射して背中が熱いぐらいで座席や足下もぽかぽかして、ちょっとうとうとして……そういうの、好きなんです。それにずっと同じとこ回ってるのがいい。終わりも始まりもない感じが」

　俺はいやだ、と思った。終わりがない。出口がない。トンネルを抜けたと思ったらまた周回で同じ暗がりに戻ってきてしまう。あと何周したら、このせせこましいレールを外れることができるんだろうか。飲まされすぎて頭はがんがんするし、目を閉じると自分を支点に床が回転しているようなめまいを覚える。

　ぐるぐるぐるぐる。

　いつまでたっても。

「先輩、そういえばきのうの、」

「なあ」

「はい？」

「佐伯さんが今、こっちに来てるの知ってた？」

「知りません」

間髪入れず返ってくる。しかしその後の沈黙が長かった。頭痛が警鐘に思える。自ら地雷を踏んでしまったんじゃないだろうか。怖い。ああそうなんですかと流してくれないということは、圭輔がぐだぐだこだわっているのを察しているということだから。

「……一束」

そろそろと顔を上げたが、前髪が影になって表情が分からない。

「……どうして、俺が知ってるって思うんですか」

そのまま突然立ち上がったので圭輔は脇へとよろけて布団に手をつき、そこに体温のかけらも残っていないことに気づく。

「一束。ごめん」

「みかんの散歩に行こうと思ってたんです。先輩は寝て下さい」

「一束」

一束はドアノブを握ったまま振り返り、「酒くさいですよ」と何の感情もこもっていない声で告げると部屋を出て行った。

うわ、やらかした。つめたい布団にばったりと横たわる。慣れない他人の家で寝ずに待ってたら酒の匂いさせて帰ってきて、昔の恋愛を蒸し返す男。最低すぎる。追いかけて謝らなきゃ、と思うのに身体は朽木と化して動けない。謝って、もう佐伯のことは口にしないと約束して、表に出さないように努力すればいいんだろうか。雪融けを待つように、自然と気にならなくなるまで？

十三年よりもっとかかりそうな気がした。


浅いまどろみを繰り返し、気づいたら昼過ぎていた。一束は戻らない。酔いは醒《さ》めるどころか緩慢に全身に回り切っているようだ。指先までだるい。だらだらとシャワーを浴びて一階に行くと、妹二人が玄関の全身鏡で最終の身だしなみチェックをしているところだった。

「お前らＵＳＪちゃうかったんか」

「映画見て、夕方からお兄ちゃんらと合流すんねん。お兄は？」

長男が「お兄」で次男は「お兄ちゃん」、というのが弓削家の呼び分けルールになっている。

「寒いし仕事明けやからええわ」

女ふたりは顔を見合わせてから冷めた視線をよこしてきた。

「お兄見てると新聞記者とは絶対結婚したないわー」

「仕事仕事ってなー、その後の飲みはいらんやろいうねん」

俺の周りに優しい女はいないのか。無駄な反論を試みる。

「人の気も知らんと……断られへんねや」

「言い訳がおっさんやなほんま、つき合いやからしゃあないやろって」

「ほんで小金溜め込んでるくせにお土産も買《こ》うてけえへんて、どうなん」

帰国前にメールで送りつけてきた免税品店での買い物リストを無視したのを、どうやら根に持っているらしい。帰省のたびに十万も二十万もするバッグだの財布だの、ねだられてたまるか。

「けち。そんなんやから独身やねん」

「お前ら、昔俺の嫁の座を争って泣くまでけんかしたん覚えてるか」

かれこれ十五年ぐらい前だけど、あんなにかわいかった妹たちの反応は「きっしょ！」だった。

「そんなん覚えてるとかないわー。お兄、どんだけ寂しいん」

「昔はもてとったのにな」

「ああ、もおええ、お前ら早よ出てけ」

「お兄、どっこも行かんとおってよ」

「せや、留守番してくれな鳥羽さんが家に入られへん」

「え、あいつまだ散歩行っとるんか？」

いくら何でも、老犬がへばらないか。

「ちゃうねん、さっきまで一緒にＤＶＤ見とってん。な」

「うん。したら途中で急に『すいません』言うてどっか行ってもうた」

「……自分ら何見せたんや」

「変なこと言わんとってよ。お兄のやもん」

「は？」

ブーツの埃を取り除きながら、「昔のん」と言う。

「記録会とか、大会の時録《と》ってたビデオ、業者に頼んで全部ＤＶＤにしてもらってん」

「きょう届いたから見る？　って訊いたら見たい言うてんもん」

「何やろな、いやなことでも思い出したんかな」

朝のやりとりがまた悔やまれた。気分転換のつもりだったけどやっぱりむかむかしてきて——というところじゃないんだろうか、途中退席のわけは。

「基本、お兄が泳いでるばっかやけどな——行ってきまーす」

うわさっぷ、ときゃあきゃあ騒ぐ声が遠ざかると、圭輔も身支度をした。シューズクロークの棚からみかんのリードを取り出す。もし電車に乗っていないのなら、何の土地鑑もないのだからきのうきょうと辿《たど》った散歩コースのどこかにいる可能性は高い。ただ、引っ越してからのルートを圭輔も知らなかったりするので、

「みかん、散歩」

幸いにも、リードを見せただけでみかんは嬉しそうに顔を上げ、早く早くとせっつくように圭輔のすねを引っかいた。いくつになっても散歩欲が旺盛なのはありがたい。

「いつもとおんなし道な」

念を押して門を開く。

いちばん確実なのは、家で待つことだと分かっている。妹の言うように、行き違ったら一束を締め出してしまうおそれのあることも。それでも今、どうしても自分の目で足で、探しに行きたかった。会いに行きたかった。

もがいている。水の中で。今も。過去にはもう届かない。未来はあまりにも不明瞭だ。でも浮く時も沈む時も、ちゃんと手をつないでいられれば。暗がりで探り合った手を。


河川敷の土手の草むらで、一束は座り込んで空を見ていた。上空をゆっくり（と見えるスピードで）横切っていく飛行機に気を取られて堤防を歩くみかんの鳴き声も耳に入ってこないようだった。伊丹空港が近いので、割と迫力ある大きさで見られるのだ。

なるべくそっと呼びかけようとタイミングを計っていたのに、しきりに目をこする仕草をするので、思わず「何で泣いてんの」とぶしつけに大声を上げてしまった。一転、地上を見た一束の目はやっぱり赤く「先輩」という呟きはすこし詰まっている。

「ごめん、まじでごめん、ごめんなさい」

そんなにも傷つけていたのかと、こっちはこっちで泣き顔に張り倒されたようなショックを受けたが、一束は怒ったように「違います」と言う。

「じゃあ何で」

立ち上がって草を払うと、今度はみかんの前にしゃがみ込んで「迎えに来てくれたんだ」と話しかけた。

「おい、そっちじゃないだろ」

「DVDを見せてもらってたんです」

圭輔の抗議を無視して続ける。

「すごい、ちっちゃい時からの先輩がいて、勝って喜んで、負けてくしゃくしゃに泣いて。俺、先輩が泳いでるとこ結局一度も見れなかったから。やっと見れて嬉しいのと、直に見られなくて悔しいのと、何か、色々込み上げてきちゃって。こらえきれなくなりそうで途中で出てきたんです。……それだけ」

「何だ……」

圭輔も力が抜けてしゃがみ込む。間に挟まれたみかんは、ふしぎそうにふたりをきょろきょろ見ている。

「先輩」

「うん」

「俺は、そういうつもりはないんですけど、ふらふらしてるとか、何を考えてるのか分からないと言われることがあって」

それは分かる、と思った。話していて、不意に一瞬視線を逸《そ》らすくせ。時々ひどく気だるげに映る指の動きや、ゆるやかなまばたき。昔の、幼い一束にもそれはアンバランスな魅力としてあった。

案外あっさり自分のものになってくれるんじゃないかという期待と、手に入りきることはなくてすぐにどこかへ行ってしまいそうな不安を同時に起こさせる。実際の本人は、ただただ不器用なのだけど。

「色々……先輩を心配させるのは、俺の言葉とか態度が足りないんだろうなって反省したんです。示し方が。だから、日本にいる間頑張ってみようと思って。佐伯さんとはもう何もないって百回主張するよりそっちの方がいいような気がしたから」

「……サービスいいなーとは思ってた」

「サービスって」

みるみる不穏な顔つきになる。

「あ、すいません、不適切な表現でした。お詫びして訂正します。嬉しかったです」

「ガールズバー、楽しかったですか」

「えっ」

「廊下に名刺落ちてましたけど」

「えっと」

上司に連れられてやむなく——って事実にしろ、言い訳としてはたぶん最悪の部類。口ごもる圭輔をじっと観察していたかと思うと、一束は急に笑った。

「——と、こういうことも言ってみようとか」

「お前な」

「でも、一番大事なことをまだ言ってない」

大人しくお座りしている犬を腕の中にぎゅっと抱き寄せる。だから何でそっちだよ。

「先輩、好きです。つき合って下さい」

「おう」

柄にもなく緊張して、ぶっきらぼうな返事をしてしまった。でも一束にはそんなことは問題じゃないみたいだった。

「やっと、言えた」

泣き笑いめいた表情の肩越しに、みかんがぴすぴす鼻を鳴らしている。圭輔は立ち上がって手を差し伸べる。一束はそれをしっかりと握り返す。引き上げて抱き締めたかったけれど、

ご近所の風聞を慮《おもんぱか》って我慢した。その頭上をまた、機影がよぎっていく。

始終どこかが騒がしい家がほんとうに無人で静まり返っていて、思わず唾《つば》を飲んでしまった。傍《かたわ》らの一束に聞こえなかっただろうかと危ぶむ。

ホテルでも、単身住んでいる部屋でもなく実家、というのは、独特の後ろめたさと興奮がある。初めてセックスした時のことを思い出した。あれは今の家じゃなかったけど、玄関や、一階の天井を鳴らしているに違いないベッドの軋《きし》みが気になって仕方がなかった。

「一束、眠くない？」

「寝ましたよ」

「うそだろそれ」

「どうして」

「だって布団つめたかった」

一束はむっつりと唇の両端を下げて圭輔の肩を叩く。

「先輩って、時々すごく鈍い」

「何だよ」

「だから」

あっち、と小声でベッドを指差した。

「『大丈夫』って、寂しくないって意味じゃないんですよ」

「……あー、ああ、そっか」

喜んでみせたらますます怒られそうでぎこちなく目を逸らす。手のひらで口元を隠した。やばい、にやける。

「ほったらかしてごめんな」

ベッドに腰を下ろして一束を見上げ、両手を取る。一束は黙ってかぶりを振ると物言いたげに指先をかりかり動かした。

「先輩」

「どした？」

「……おとといみたいに、引かないでくださいね」

「え」

手を振りほどくと、部屋の隅に置いた旅行用のボストンを漁《あさ》り、何かを握りしめ戻ってくる。

これ、とためらいがちに差し出されたのは細長いチューブで、用途は、こういう場面だからさすがにすぐ思い当たった。

「あの、しばらく、その――してないから、身体がつらいかもしれないので。……そしたらたぶん、先輩も楽しくない」

「いや、楽しくないってことはないだろうけど、お前が痛いのはやだから、うん……ありがとう」

受け取ると、一束の手は汗ばんで湿り、この短い時間での緊張が読み取れた。

「用意してくれてたんだ」

「……実家って言ってたから、まあないなとは思ったけど、一応。でも着いてみたら人がいっぱいで、絶対ないなと思ったのに先輩はしたそうにするし、でも怖いから手か口でって言ったらすごい引くし、何なんだよこの人って」

「ごめん」

こんな、逃げ出したそうな真っ赤な顔を、あの男も見ただろうか。いや見てない、となぜか強く信じることができた。何て単純で現金。

俺だけのだ。

「……脱いで」

裸の身体を膝立ちにさせ、チューブの封を切る。新品の蓋《ふた》がぷきっと開く時の、小気味いい音と感触がした。指先にたっぷり絡めて、前から奥へとあてがった。

「ん」

その場所を探り当て、なだめるように表面をこすると一束は息を詰め、圭輔の肩に肘《ひじ》をついて短い髪をくしゃっとかき乱す。

「つめたい？」

「平気、です」

下から、狭《せば》まりを押し上げるように中指を差し込む。

「あっ……」

確かにそこはきつく強張《こわば》っていて、侵入を進めるために力むのもおっかないぐらいだった。指を増やすとか、もっと太いものを挿《い》れるとか、無体としか思えない。一束の顔は見えないが、浅くせわしい呼吸がすこし高い位置から聞こえてくる。

それでも、しばらくじっとしていると体温でゆるんだ潤滑剤がじわりと内部を浸し、ぬるぬると指先が滑るようになった。許容を確かめるようにぐるりと一周させると、一束がぴくりと違う反応を示す。

「あっ……！」

「……ここ？」

答えはなかったが、そうと思《おぼ》しきポイントに幾度か指の腹をなすりつけてやると、たちまちそこはやわらかくひらかれていく。

「や——あ、あぁ……」

官能につられるまま蹂躙《じゅうりん》を大胆にする。卑猥《ひわい》な音が立ち、上下の抽挿《ちゅうそう》でこぼれたジェルは圭輔の手のひらまでぬめらせた。

「あ、あっ……やだ、せんぱ」

密着している額《ひたい》に、一束の心音を感じる。その速さに誘われるようにいつしか激しく粘膜を擦《こす》りたてていた。すこし首を動かせば、触れもしないうちからぴんと尖《とが》った乳首があって、舌で転がして吸いついた。

「あ！　やっ」

胸にうすく残る一本の線にも、丁寧に唇を這わせた。かすかにしょっぱい汗の味。すこしだけ周囲より頼りない、ふよりとした感触。

「んっ……」

もう圧迫を増やすことへの恐れはない、どころかそこはねだるように収縮して吸い上げてさえみせる。後ろへの愛撫《あいぶ》だけで上向いた一束の性器の突端で透明なしずくがぷくりと球になるのを目の当たりにした。背後をまさぐればそれはふるえて崩れ、しなった裏側を伝い落ちていく。

限界だった。

「一束……もういい？」

返事の代わりにぎゅっと一度圭輔の頭をかき抱いてから身を引き、ゆっくりと腰を落とした。脈打つものを握られてくっと息を呑《の》む。

「あ——」

全身を貫かれようとしているみたいに一束は大きく喉を反らした。先端が接し、埋まっていく瞬間。

潤んだ肉が、徐々にかぶさってくる陶酔に気が遠くなる。一束がすっかり座り込んでしまってもまだ足りなくて、強引に膝を立てさせるとその裏に手を差し入れ、両脚を掬《すく》い上げた。

「や、ああっ……！」

これ以上ないほど深く交合し、体重で圭輔の欲望を受け入れさせられた一束が二の腕に爪を立てて達する。その吐精と連動するように内壁は激しくうねり、啜《すす》り上げるようなうごめきで誘う。

「一束——いいよ、すごくいい」

「あ……待って、まだ、」

動かないで、と言いたかっただろう唇をふさぎ、全身で揺さぶった。舌と舌の間でもつれた喘《あえ》ぎはどこかむずかるように聞こえる。

「あっ、あっ、あ——」

一束がくちづけを引き剝《は》がし、ぴったり上体を寄せて圭輔の背中にしがみつく。性感に溺《おぼ》れまいとすがる顔は今にも泣きだしそうで、ひどく圭輔を煽《あお》った。

「好きだ、一束。好きだよ」

弾《はじ》けそうだった。汗で濡《ぬ》れた膝裏から手を抜くと一束の背中を強く抱き返し、完全な接合の中で果てた。

「あ——ん、んっ……」

注ぎ込んだ瞬間、一束の背中がぞくぞくっとわななくのが分かった。思い込みじゃなく、たくさん出した。相当溜まってたんだな、と呼吸をととのえながら苦笑してしまう。

それでもまだ、硬いまま留《とど》まっている。

「一束」

倒すぞ、と一応断って、背中と腰を支えながらほぼ九〇度、体勢を変える。

「え、あ——あぁ、やっ！」

唐突な転換につながったところがきゅっとすくみ、それがまたたまらなく気持ちよかった。がっつくように律動してしまう。

「や！　あ、いや」

突き上げられるまましなる身体の下でシーツが次々と違うかたちの波を生んだ。一束の声はもう啜り泣きに近い。

「先輩、だめ、も、だめ……っ」

ブラインドからうすい陽が射して、青白い肌に光と影のストライプが投じられた。汗の粒が発光して見える。人体の微妙なカーブに添ってたわむ陰影はひどくなまめかしかった。

「……やばいぐらいえろいな」

言うつもりはなかったのに気づくと口に出していて、途端に肩を蹴られた。

「元気じゃん」

「あっ！」

行儀の悪い脚を胸につくほど折り曲げると、くわえ込んださまがあらわになる。

「ほんとのことだろ」

「やっ、だ……」

激しく抜き差ししたせいで、精液と溶けたジェルが混ざり合ったのが細かなあぶくの輪になってにじみ出している。貪欲《どんよく》をさらけ出されながら、下の口はむしろ悦《よろこ》ぶようにひくついて求めてみせる。

「あぁ！　あ、っあ」

上手くやりたいなんて下心も吹っ飛んで、ただ本能に衝《つ》き動かされるまま突き上げ、一束を犯した。どこに摑まる力もなくしたらしい両手は、翻弄されるままシーツの上をさまよう。

「あ、いや、先輩……っ！」

奥まで穿《うが》ち、先端から搾り上げてくる吸引に大きく身ぶるいする。一束も同時に射精した。

さんざん暴いたところからようやく引き抜くと、一束の膝の内側が軽くけいれんする。今にも意識を飛ばしてしまいそうな顔を覗き込んで声をかけた。

「一束、風呂場まで歩ける？」

なかを流さなきゃ、と言うと茫洋《ぼうよう》としていた目が一瞬で焦点を取り戻し、弱々しく圭輔を押しのけようとする。

「何だよ」

「いい、いいです、自分でします」

「無理だろ、膝笑ってるじゃん」

横になった状態で分かるぐらい。

「誰のせいだと」

「だから責任取るってば」

「やっ……」

指を押し込み、これみよがしにじゅくじゅく鳴らしてみせる。

「ほら、こんなにどろどろだ」

「やめて下さい……っ」

「駄目」

こぼすなよ、とささやいて細い身体を抱き上げる。

狭い浴室にはいつまでも声が反響して、圭輔は濡れた喘ぎに全身ぴったりと覆われているような気分になる。

「や、やだ——こんなの、いや」

一束は浴槽にしがみつき、背中まで上気させながらかき出される疼《うず》きに耐えている。引っかけるように折り曲げた指を手前に引くたび、白濁がこぼれて内股《うちまた》にいびつな航跡を描いた。

「一束」

背すじの溝を舐め上げながら不埒な身体の反応を咎《とが》める。

「そんな締めたら、出せない」

「だって、や、ぁ……むりっ……」

「何が無理？」

「あ、ああっ……」

シャワーのヘッドを手に取り、混合栓のレバーを上げると数秒、手を濡らした冷水は火照《ほて》った肌に気持ちよかった。適温になった頃合いでとろけたままの器官にあてがうと一束はびくびく肩をすくませる。

「やぁ、あ……っ！」

微細な湯のつぶてが過敏になった周辺までを打つのがたまらないのだろう、逃れるように求めるように下肢をゆらめかせる。

「いや……それ、へんっ……」

指で拡《ひろ》げて垣間見た内側の粘膜は行為のせいかみだらに赤く充血していた。前を探ると、一束の欲情が膨れている。

「……もっかい、いい？」

シャワーを床に転がし、呆れるほど直情な性器をすりつけながら尋ねると一束は何度も頷いた。

「して――早く、欲しい」

腰をしっかり摑むと、ひと息に挿入を果たした。

「あぁあっ……！」

一束の熱さ、一束の収縮。

呼吸のたびに熟《う》れきった内部と溶け合うような気がした。

「は……」

頭の中身が雲の上まで持って行かれそうな感じ。それでも、二回もいった後なので貪りたい衝動をなだめすかすことはできた。

「ごめん、必死すぎた」

「……何ですかそれ」

「無我夢中になっちゃって」

バスタブのへりに頬《ほお》を押し付けて一束が俺も、と笑う。そして、もっとして下さい、と。

出しっぱなしのシャワーも、床についた膝の痛みもどうでもよかった。圭輔の動きに合わせて狭まったり開いたりする一束の肩甲骨がきれいだと思った。

「一束……」

「先輩——あ、好き、好き……っ」

「うん」

「あぁ、あ、あ——」

一束がいった瞬間の締め付けに眉根《まゆね》を寄せて耐えると、張り詰めた自身を弓なりの背中の上で解放した。

かけられて、一束が「あ」と洩らした声には深い充足がこもっていた。


疲れすぎて久しぶりに煙草が欲しくなった、と一束が言うので、風呂場に持ち込んでふたりで吸った。親の留守にやりたい放題、これじゃ本当に高校生だ。

「そういえば朝、何か言いかけてたよな」

縦に並んで湯船に浸かり、脚の間に収まっている一束の襟足を見ながら訊くと、「きのうの中国人」と答える。

「感激してたんですよ。先輩が親切でいいやつだって。新聞記者だと教えたら、きっといい記事を書くんだろうって……。それで、どうしても国からお礼の手紙を送りたいと言うので、俺の香港の住所を教えました」

やり取りの意味がようやく分かった。一束がやけに嬉しそうだったわけも。

「ナンパされてんのかと思っちゃった」

「先輩、ちょっと冷静になったほうがいいですよ」

ごもっとも。

「はい。もう大丈夫、もう平気」

のぼせてきたので一束に断って窓を開ける。四角い、額縁のようなサッシの中で白いものがちらついていた。

「あ、雪降ってる」

「え？」

「珍しいな、大阪で」

一束が、後ろの圭輔に背中を預けてもたれる。

「積もりますか？」

「どうだろ。積もったとして、粉砂糖振ったぐらいにしか見えないと思うけど」

「でも積もるかも」

弾む期待をにじませる、甘えた響きだった。どうにかしてやることのできない自分をふがいなく思ってしまうほど。湿った頭を撫でた。

「もっと、服とか靴とか、手の届くもん欲しがってくれよ」

「どうして？」

「俺でもやれるからに決まってんじゃん」

「いりませんよ別に」

「あ、即答ですか……」

「そうじゃなくて――ほんと鈍い」

「何だよ」

湯気と煙が混ざった、乳白が外に流れだして行く。昇って冷えて固まって、雪雲の一部になればいいのにと圭輔は思う。一束の望みが、叶うように。

「……もう、全部もらってる。ほんとに欲しかったものは」

「え？」

ささやかすぎる声で言うと、圭輔に口を挟ませず「そういえば」と強引に話を換えた。

「俺、ずっと先輩に訊きたいことあって」

照れ隠しにつき合ってやることにして「なに？」と応じる。

「旧校舎の鍵。１９９７。当てずっぽうにダイヤル回したら外れたって言ってましたけど、ほんとは俺が施錠してなかっただけですよね？」

「いや、してたよ」

「偶然に合う数字じゃないでしょう」

そう、あの時、ちょっと嘘《うそ》をついた。

八分一九秒九七。それは八〇〇メートル自由形における、中学時代の自己ベストだった。四桁の番号、といえば自然にそれを連想したからたわむれに試みたに過ぎない。ただ、初対面の後輩にそんなちっぽけな誇りを話すのは恥ずかしくてあいうふうに言っただけで。

「……何笑ってるんですか」

「ううん。運命だよ。そういうことにしといて、俺のために」

「何かずるい……」

今度は圭輔が矛先を逸らす。

「言い忘れてた」

「何ですか」

「恭喜發財。もう過ぎちゃったけど」

バスタブのへりに置いた灰皿にとんとんと灰を落として一束は笑う。

「先輩、広東語ずいぶん上手くなりましたね」

「ほんと？」

「はい」

いつもより苦いキスをする。

あすの深夜には、もう香港だ。空港に着いたら「うちに泊まらないか」と一束に言ってみるつもりだった。

あとがき

香港で一本、書いてみたいなあとぼんやり考えていたのがおととしの夏。それからおおよそ一年半経て、当時漠然と思い描いていたのとは「香港」以外まったく違う話になりましたが、こうしてかたちにすることができ、ひとまずはほっとしております。おまけの里帰り編も併せ、すこしでも楽しんで頂けたなら幸いです。

香港は、洋の東西のマッチもミスマッチも魅力的というふしぎな街だと思います。漢字やルビがごちゃっとあって、お読み下さった方（と校正の方）にはありがとうございますとともにお疲れ様でした、と申し上げたい所存です。この先あまり使う機会のなさそうな固有名詞がたくさん辞書登録されました。

そして、年月をまたぐ話だったので、少年を描いても何ともいえない色気を、青年を描いても儚い透明感を醸し出される青石ももこ先生に挿絵をお願いできたことはとてもラッキーでした。硬質なのにしなやかできれいで、とりわけ肘から手首にかけての萌えそのものといっても過言ではないラインが、手を合わせて拝みたいほど好きです。これが二次元だなんて悔しくてたまらない。フィギュアにならないかな……。

各種わがまま、お願い、泣きごとに真摯な対応をして下さった担当さまと、有形無形の支えになってくれた友人にも、この場をお借りしてほんとうにほんとうにありがとうございました!

またお会いできる機会がありますように。

一穂ミチ

✦初出　is in you……………書き下ろし
is in me……………書き下ろし

一穂ミチ先生、青石ももこ先生へのお便り、本作品に関するご意見、ご感想などは
〒151-0051 東京都渋谷区千駄ヶ谷4-9-7
幻冬舎コミックス　ルチル文庫「is in you」係まで。

幻冬舎ルチル文庫

is in you

2011年3月20日　第1刷発行
2020年12月20日　第4刷発行

✦著者　一穂ミチ　いちほ みち

✦発行人　石原正康

✦発行元　株式会社 幻冬舎コミックス
〒151-0051 東京都渋谷区千駄ヶ谷4-9-7
電話 03(5411)6431［編集］

✦発売元　株式会社 幻冬舎
〒151-0051 東京都渋谷区千駄ヶ谷4-9-7
電話 03(5411)6222［営業］
振替 00120-8-767643

✦印刷・製本所　中央精版印刷株式会社

✦検印廃止

ISBN978-4-344-82204-7　C0193　Printed in Japan